巴 金 文 学 院 书 系

U0659872

Sishui Liujing

徙水流经

李存刚 ·著

四川人民出版社

图书在版编目（CIP）数据

徙水流经 / 李存刚著. —— 成都：四川人民出版社，
2025.1. —— ISBN 978-7-220-13956-7

Ⅰ. I267

中国国家版本馆 CIP 数据核字第 2024KN3106 号

SISHUI LIUJING

徙 水 流 经

李存刚 著

责任编辑	王　雪
装帧设计	张　妮
责任校对	舒晓利
责任印制	祝　健

出版发行	四川人民出版社（成都三色路 238 号）
网　　址	http://www.scpph.com
E-mail	scrmcbs@sina.com
新浪微博	@四川人民出版社
微信公众号	四川人民出版社
发行部业务电话	(028) 86361653　86361656
防盗版举报电话	(028) 86361653
照　　排	四川胜翔数码印务设计有限公司
印　　刷	四川机投印务有限公司
成品尺寸	145mm×210mm
印　　张	7.25
字　　数	170 千
版　　次	2025 年 1 月第 1 版
印　　次	2025 年 1 月第 1 次印刷
书　　号	ISBN 978-7-220-13956-7
定　　价	48.00 元

Sishui Liujing

自　序

这是一本关于天全的书。

天全是中国大西南崇山峻岭之中的一个县份。我在这里生活了四十多个年头。

书的内容，均是我个人眼中的天全景象，或者说，是我在天全的生活简史。

2008 年，两千多公里之外的上海举行了一场规模宏大的展览，主题是"快城、快客"。策展者的初衷，是想在与城市化相应的经济转型、社会转型和文化转型的宏大背景下，思考城市是否能让生活更美好，城市如何让生活更美好的问题。

与此对应，在欧洲，继多年在意大利发起的慢食运动之后，发起了一场"慢城"运动。其目的，是为了回归欧洲中古世纪的生活速度，同时保留现代文明的特色。

在我眼中，天全就是一个天然的慢城。

作为天全的一个普通居民，我是个幸运儿。

目录

Silu Jiujing

二郎山下，天全所在

单单从地貌上看，天全是一个新旧分明的县城。面积不大，因四面都是山，想大都大不起来。山与山之间相互依存或者近距离相望，在县城上下形成两个关隘：禁门关和龙尾峡。地域的小，决定了它可容纳的居民极其有限。尽管近些年城中陆续耸立起了不少楼宇，好些如我一样的乡野村民，或者县外甚至省外的来客，在城里求得了赖以生存的职业，置了房产，成了其中的居民，但截至目前，居住县城的人数总共也不过四五万。就是这区区四五万人居住的小城，却有着分明的界线，即便是初到天全的人，从城头到城尾走上一遭，也能一眼分辨出城区的新与旧来。而这界线，竟然就是城中的两座小桥。桥的名字都古朴却不乏诗意，分别叫西进桥和桂花桥。桥都是小桥，稍不注意，很容易一晃而过了的，桥下又都有汩汩流淌的溪水，溪水也都各有其名，分别叫老婆溪和桂花溪。桥的名字，溪水的名字，背后都蕴藏着自己的故事，有心的人只要愿意，随便找个上了年岁且无所事事的老人，对方都会滔滔不绝地讲述给你听，翻看县志、年鉴之类的史籍，随便翻到哪一页，都能寻见生动的人事记载。有河自禁门关之上咆哮而下，在接纳了老婆溪、桂花溪及其城尾的洗脚溪汇入的水流之后，经龙尾峡东流而去。县城就依着河水东岸，沿河而建。在旧时，河名曰徙（读 si）水，如今早已顾名思义地改叫了天全河。从徙水到天全河，时间仿佛一根无形的画轴，沿着河水流逝的方向，从禁门关到西进桥、从西进桥到桂花溪、从桂花溪到龙尾峡，将县城徐徐展开。依照如今县城人自己的称谓，三块地域分别被叫作老城、旧城和新区。新区便是所谓的开发区了。

翻开任意一本天全的地方志或文献资料，都可以确凿地知道，天全是一块历史久远的地域。早在公元前 16 世纪，族居于此的氐羌族先人便建立了徙国，过龙尾峡，出县城东去不远的始阳镇，便是其曾经的国都。据《史记》记载，徙国所辖疆界涵盖如今的天全县和相邻的荥经、雅安、芦山、宝兴、泸定的部分地区，真是广袤得有些不可思议了。西汉元鼎六年（公元前 111 年），开始设县，名曰徙县；清雍正七年（1729 年），废除了世袭多年的土司制度，派遣有一定任期的流官进行管理，同时添设军事机构，清查户口，丈量土地，征收赋税，新建城池，创办学校，此即历史上著名的"改土归流"；民国二年（1913 年），正式改州为县……多年的世事变迁，疆域不断变化是必然的，变着变着，天全就成了现时的模样：下设 15 乡镇，138 行政村；而县城的所在地，就属其中的城厢镇辖区。如今说来，这样的时空变迁不过是三言两语就可说出来的事情，但县城的从无到有，从小到大，一点点地变化，却不是轻而易举，一蹴而就的。

至于天全何时、因何叫了这么一个特别的名字，几乎本本方志上都有确凿的记载：官方文书和史籍上最早出现"天全"这个称谓，是在元代；据清初县内著名文土杨振业撰写的《灵和乘略》记载，天全自古多雨，素有"漏天"之称，易漏为全，即为"天全"。但实际上，名字是改过来了，"天漏"却并没有因此改变丝毫。依然年年有丰沛的降水，雨季的时间依然长达半年以上。丰沛的雨水汇入河流，有时候便不免形成洪涝，冲坏田园和房屋，冲毁耕地，冲断道路。对此，方志上也有多次记述，记述都一一详尽到了灾害发生的时间、受灾的地点、受灾的面积和因之罹难的人数，读到的人，不扼腕唏嘘是不可能的。人类尽可以表达自己的愿望，上苍是否给予满足，满足多少，以怎样的方式满足，从来都是上苍自己的事情，仅仅凭借人类朴素的愿望自是无法改变的。直到现在，天全依然多雨，你可能在县城城头沐浴着阳光，而城尾却正下着瓢泼大雨；可当你急匆匆赶到城尾，除却地上四处流溢的积水，天际间已是碧空如洗。

这种多雨且复杂多变的天气，用气象专家们的话说，是源自亚热带季风气候为基带的山地气候。不清楚"山地气候"更加具体的含义，但单单"山地"这个词，却也是对整个天全县地理地貌的准确概括：地处四川盆地西缘，盆地往青藏高原过渡的斜坡上；县境内最高海拔高达 5150 米，最低海拔仅仅 600 米，西北部为高山区，东南部为丘陵、平坝。

西北部高山的阻挡，使得来自青藏高原的寒流和遥远的太平洋上吹来的东南季风，均须得翻越邛崃山脉南延的二郎山，才有可能继续前行，一冷一热的气流于是在二郎山巅相会，相互交融却也互不相让。于是，你从西北部往东南方向走，一到二郎山，眼里呈现的便是一番别样的景象：山的西面黄焦焦的，满视野的黄土色，但其实不全是黄土，也有各种荒草和灌木丛，不过叶片一律细溜。因了大风大寒的长期侵扰，又沐浴着长时间的光照，却独独缺乏水分的滋养，荒草和灌木丛都身材瘦小，身上残存的绿色几乎全被淹没在焦黄的背景里，那山远看起来便是一溜的黄土色了。而在山的东面，却终年云绕雾罩，阴雨绵绵，一年四季，满山满坡都是葱翠的绿，各种树木和花草在该开花的季节里开出花朵，该结果时结出果实，而山峦呢，也因此多彩了起来。于是，这座海拔不高的山便有了另外一个奇特的名字：阴阳山。山那边，是广袤的康巴；山这边，天全紧靠山脚下。

地理位置的特殊，决定了通行的艰难。也就难怪，直到新中国成立以后，天全才有一条过境的公路，凿开山野，穿越高山河谷。向西，直通康巴藏区；往东，去到雅安、成都。这条公路，因为沿途不时有山石垮塌和滑坡，或者发生泥石流，阻断道路，西进东出的人们常常被迫隔绝于此，望着身前身后的茫茫山野，徒呼奈何。见怪不怪的天全人倒是不以为然，抢通阻断了的公路总是耗时不长的，与公路筑成之前，天全人曾经经历过的漫长等待比起来，一时的阻隔实在算不了什么。往往就是在这个时候，上了年纪的人便会借机对身旁的后人来一番忆苦思甜的教育，说起川藏公路的修筑，说起公路修筑之前过往二郎山的种种艰辛。

事实上，早在遥远的盛唐，便有两条羊肠小道，翻越二郎山系，西入藏区。一条叫"官道"，一条叫"小路"。两条路，都以天全县城里的碉门（即禁门关）为起始，终点也都同样在打箭炉，也就是现在的康定。说是两条路，区别不过是路况的宽窄和路径的不同罢了。现今，人们笼统地称之为茶马古道。这也是天全人最为津津乐道的历史之一。作为一条道路，它首先是一条商贸之路，唐以后的漫长岁月里，人们通过这条路，以茶易马，以物换物，内地与康巴藏区由此相通；但在同时，从天全输出的不仅仅是茶叶、布匹和日常生活用品，也顺便带去了内地先进的生产技术，而输入的也不仅仅是药材和马匹，还带来了沿途各族人民和睦相处的愿望。一山之隔的人们经过长期的交往，既通商又通婚，渐渐就你中有我，我中有你，密不可分了。天全因此有了另外一个响亮的名字——民族走廊。而曾经辉煌的古道呢，如今只留下一些模糊的痕迹。天全县城西侧的碉门是一处，西出县城几公里的甘溪坡是一处。人们说起茶马古道，自然而然想到的便是甘溪坡。那里有一间陈列着当年运送茶叶的背夫们使用过的工具的屋子，和几张古道的路线图；那里还有一段石板路，石板上存留着当年背夫们歇脚时丁字拐杵出的拐子窝，它们静卧在古道上，无声地诉说着世间沧桑。

著名的川藏公路就打古道遗址下的山腰经过。公路自西康府雅安出发，过天全县城，蛇行到二郎山之后，因为山形的改变，就更加蜿蜒崎岖了。路在二郎山之前都是独路，到了二郎山，却生出新旧不同的两条来：一条自山脚盘曲而上，翻山而过，这条路于20世纪50年代筑成通车，是谓老路；另一条蛇行到山腰便穿山而过，穿山的隧道于1999年放行通车，人们谓之新路。有了隧道公路，人们过往二郎山，也就不再走那翻山越岭的老路了，以前需要起码半天时间才能翻越的二郎山，现在只需短短几分钟就可完成。有首曾经唱响大江南北的歌曲里这样唱过："古树荒草遍山野，巨石满山冈。"歌名叫《歌唱二郎山》，歌曲所唱诵的便是二郎山路途的艰涩难行和解放军修筑公路的艰辛。外面世界的人，很多知道这首歌，但要问起天全，他们便一头雾水了，当你告诉对方："就是二郎山脚下的那个县，山那边还有大渡河，当年红军'飞夺泸定桥'的地方……"人们便会随之恍然而悟。

也是因了巨大的海拔落差，县内大部分高山地区除了生长树木和杂草，无法进行农业耕种，只有中间地带的河谷两侧，被勤劳的天全人开垦成了耕地，种了玉米、洋芋、稻谷、小麦、豆类等农作物和各种寻常菜蔬。这些作物和菜蔬，也便是世世代代的天全人赖以生存的基本口粮。但山野也有山野的好处。山野里长满了植物，是植物都会开花结果，有些果实比如猕猴桃，可供人一饱口福；有些植物甚至直接就被天全人变成食品，摆上了餐桌，比如三叉菇、脚基苔、鹿耳韭，这些在天全人看来十分寻常的食物，样样都是外面世界的人绝难享受到的美味；有些树虽然不结果或者结出的果实不能食用，但树种却是外面世界难以觅见的，自然都成了国家级的宝贝，比如珙桐鸽子花即珙桐；很多植物还是上好的中药材，根据有关部门的统计，数目至少一千种以上，这还不包括同样可以入药的动物和矿石类。有了丰富的植物，便有动物出没，有些动物同样也是外面世界很难见到的，比如大熊猫、羚牛、金丝猴，都是国家一级保护动物……因为身处僻地，天全人难得有引以为豪的东西。但一说起以上这些，天全人就都眉飞色舞，兴高采烈的。你随便找个天全人问起，对方都会言之凿凿地告诉你："啊得，那自然是哦!"

啊得，是一句地道的天全话，表示肯定和惊叹。天全隶属于北方方言区，有许多独具特色的习惯性表达，不熟悉的人估计是很难听得懂的。单举一个"白"字，天全人说起，就可生出多重不同的意思来。说某人爱说谎，叫"日白匠"，确定某人是在说谎，叫"夹白"或者"翻白"，管某姑娘漂亮叫"脱白"，形容人作风不正，吊儿郎当，谓之"日白聊谎"。即便是同样的词汇从天全人口中发出，也与川地其他地方大相径庭，就是在雅安的六县二区里头，天全话也是独具一格的：声母没有平、翘舌之分，后鼻韵中的 ing、eng 音改发成了 in、en 音，更为奇特的是，当声母 d、t 与韵母 i 相拼时，就分别变成了 j、q 音。天全人到了外地，或者外地人到天全，天全人一开腔，不用解释和介绍，就都显出与众不同来了。因之天全人无论走到哪里，总能即刻引起旁人的注意，有时候这注意便会引得旁人不得不继续关注下去；可有些时候，也惹出一些人的另眼相看，甚至是讥笑和讽刺来。不管是善意的关注，还是被人鄙视，天全人都满不在乎的，只管一心一意地按着自己既定的方式，认认真真做事，诚诚恳恳为人。天全人始终坚信一句古话，日久见人心。时间渐久之后，所有的人就都不得不对天全人刮目了。

天全话里还有一种"毛根儿朋友"的说法。大致的意思，是指两个人从小一起长大，成人了，到老了，关系一直不改，不是亲兄弟胜似亲兄弟，像一块皮肉上紧挨着生长出的两根毛发，甚或就是一条发根上分出的两叉发丝。成为县城居民的时候，我已经成年，我的"毛根儿朋友"大多住在乡下，想念他们的时候，我就不顾一切地跑回去；大多数时候，我在县城里漫无目的地忙碌着，和不少城里人互相认识了，有一些还成了无话不谈的朋友——在他们中间，我从没觉得自己是个外来者。

徙水流经的村镇

在两河口与荥经河相汇，流至不远处的飞仙关又接纳了芦山河之后，徙水便成了青衣江。飞仙关毫无疑问是一个幽深的大峡谷。若溯流而上，徙水流经的地方无不都是高山峡谷，难得有一块豁然开朗的平地，就成了天全人簇居的处所。幸好有川藏公路贯穿而过，路的走形差不多就是河流的走形，这就使得沿河而立的村庄另添了一根联系的纽带。村庄和村庄之间，从此不再是荒野孤岛，村庄和外面世界之间，也因此有了更广泛的联系。

徙水是天全河在旧时的称谓。从古至今，"徙"字都出人意料地被读成"si"（斯）音。

比较而言，我更喜欢徙水二字透出的质朴的诗意，但凡与人说起，都爱用这个名字。

两河口

顾名思义，两河口就是两条河流交汇的地方。河即是徙水和荥经河。两条河呈"V"形相交，河床都不宽，却足以阻隔河岸边的人。旧时过河人们用船，后来就修了桥。起先是铁索桥，后来改修成了公路桥。公路桥是两座，分别从"V"形的两根斜枝上横跨而过，又以近乎 90°的角度相交，和"V"字的两根枝丫摆在一起，就成了一个极不规则的"W"形。两座桥因此有一个十分形象贴切的名字，叫倒拐桥。桥是石拱桥，桥栏也就齐腰那么高，也是清一色的条石垒就的。站在桥上，可以看见桥下清澈而湍急的河水，映着蓝天和岸边的荒草绿树，蓝汪汪的，伴着耳畔轰隆隆的水流声，不由得让人担心，当年摆渡的小船是如何在水面上前行的？

"这不，还真是翻过船呢！"李明英老人说。李明英老人自小在两河口长大，两河口大桥动工头一天，恰巧是她成为母亲的日子，因此李明英老人记得清楚，两河口开始动工修桥的日子是在 1972 年 4 月 25 日。而过往的公路是早在桥修成之前就筑成了，不时有汽车从荥经或者天全方向过来，打两河口经过，平常用来摆渡人的小船这时摇身一变，成了"汽车船"。船紧靠岸边停泊着，等汽车径直开进船舱，便晃晃悠悠地摆渡到对岸的公路边，过往的汽车这才得以继续前行。1974 年，桥一建成，所有摆渡的船就一律归仓，再没派上过用场。

桥建成的时候，修桥者特地在倒拐处竖了一块石碑，刻着桥名及其动工、竣工的时间。碑上的字是县内已故著名书法家江蕴波先生的手笔，笔画遒劲有力，稍稍懂些书法的人看到，都赞不绝口。碑后不远，挨挨挤挤地坐落着一栋栋砖木结构的房子，最靠近石碑的一栋便是李明英老人的家。李明英老人以前住在荥经河对岸，桥修成以后，便搬到了倒拐处，开了一家小卖部，守着桥头的石碑，一天天地过日子，如今早已是子孙满堂了。

始　阳

　　东出县城，过龙尾峡，拐过几个弯，过思经桥，再拐几个弯，过三谷桩大桥，便会路过一个镇子。镇子的名字简单而古老，叫始阳。右侧是徙水，原本湍急的河流到此地突然变得平缓，河水倒是一如既往的清澈，除了山洪爆发的时节，河底的石头是一块也藏不住的。沿河而行，老远就能闻见水流的鸣响，靠近河岸居住的人家，夜夜枕着哗哗的水声入睡，从没听说有人因此失眠的。左侧是延绵的青山，山地稍微平缓处，都被开发成了梯田，每年一季的水稻成熟之后，稻田便成了菜园，种满了各色菜蔬。没能开发成稻田的坡地则种上了各种作物，偶尔一块实在没法利用而空出的地方，也都长满了杂七杂八的绿树和杂草，因此任何时候看过去，那山野都是绿茵茵的。

　　过始阳的路，以前走靠近河边的镇子中心穿过。路边长着高大的行道树，太阳毒辣的日子打树下经过，有一种铺天盖地的凉意。两旁是清一色的木头房子，木制的柱头，木制的板壁，盖着青色的屋瓦，因为有树荫的掩隐，那房子就更加地显出低矮来。后来那路就改道走了靠近山脚一些的地方，路线笔直，且是宽阔的四车道，路边还筑了花台，一年四季开着五颜六色的花朵，而路旁的人家一律建起了楼房，高的不过四五层，矮的也就两三层，面街的底层大多被装修成了商铺、超市、餐馆、服装店、修车铺，外面世界的城镇有的这里都有，倒是外面世界的城镇少有的修车铺，这里却异常的多，沿街的铺面里，十家之中至少有八家门前停着坏掉的汽车。再仔细看，这些人家的楼房普遍都是四五层的，外墙也都从头到脚贴了各色瓷砖，在一字排开的楼房间，明显地显出自己的特别和洋气来。

如果不是特别有心去关注，过往的路人绝然不会想到，这个镇子曾经是个国都。那是在遥远的公元前十六世纪。盘庚迁殷、武丁中兴、武王伐纣，这是商朝的大中国发生的三起著名事件。同是在公元前的若干世纪之后，古埃及的巴比伦王国建立，希腊发生了著名的特洛伊战争，雅利安人入住印度，印度教产生。那时不像现在，世界俨然成了一个地球村，任何一个角落发生的事情，眨眼之间全世界就都知道了。那时候，整个天全还是片蛮荒之地，随着商朝的建立，这块土地也便有了自己的疆界，名字和散居于此的氏羌族先人有关，叫徙国，始阳即是它的国都。西汉元鼎时期，司马相如奉命通西南各夷，开始设县，名曰徙县。曹魏灭蜀之后，徙县改名为徙阳县，西魏时，正式改名为始阳县。这一点，史料里有过确凿的记载。史料里同时记载：因始与徙二字近音，有人据此揣测，"始"阳就是"徙"阳以讹传讹的结果。此事的可信度有多高，作为当时的国都，始阳是如何的繁华鼎盛，由于没有任何让人信服的实物可以佐证，一切只能是云烟过眼，任由人们去想象了。

但有一点非常肯定：自打这个镇子以始阳为名存在于世起，它被时间所翻过的每一页，都堪称辉煌。尽管后来，国都之名没有了，但始阳似乎并未因此受到一丁点的影响。单说盛唐，天全禁门关的茶马互市开启以后，因两地距离不远，南来北往的客商于是在始阳聚集，湖北的、广西的、江西的、陕西的……为了更便于同乡之间的联络，来自不同地域的客商相约出资，修建了各自的会馆，同乡的人来了天全，从此便有了落脚的地点，也不再担心只身入天全之后，无地方可买卖自己所需的物什。一时间，江西会馆、陕西会馆、湖广会馆，成了整个始阳乃至天全响当当的建筑，无人不知无人不晓。比会馆更早建立的是茶店子，负责收购本地的茶叶，制成茶砖，装成茶包，只待客户订下单子，即刻打包发送。现今镇子上还保存有几座四合院，破败是破败了，但屋宇的气势还在，旧年的青砖老瓦也还依稀可见，倘若走进始阳的老街，任意推开一扇半掩的大门，说不定就闯进一家古老的茶店子里去了。民国以来，西康省成立，在距离省府雅安不远的始阳，建起了一所省立师范学校，红极一时的湖广会馆被选定当成了校舍。其他的几处会馆，也相继被改作了他用。1949年秋，西康解放，省立师范便不得不草草地结束了自己的使命。当初的湖广会馆，此时又被改作了始阳小学，一代一代的始阳人在那里发蒙读书，而后长大成人。

省立师范学校培养了多少人才，这些人才后来又流落何方，现在均已是无据可查了，倒是学校的最后一任校长，至今还为人们津津乐道。校长全名高仕荣。人们起先只知道他是校长，却不明白他是受组织委派到此地从事地下工作的。他一边管理学校，一边按照组织的指示，在学校里发展党组织，开展读书会、联谊会，与县内其他学校联系，宣传党的思想和主张，安置、掩护组织派往始阳的地下工作人员，与一些地方武装头目联系，开展策反工作……一直到天全和平解放。新中国成立后，高校长的真实身份才得以公之于世。人们这才知道，他竟还是个地地道道的始阳人。

沙坝头

沙坝就是县城对岸的村子。天全人说起时，都习惯加上个"头"

字做后缀，相似的说法还有北门上、蛮市脑等，无非是要强调其中蕴含的"在此地"的意思。

站在县城沿河的街上，可以清楚地看见不住流逝的徒水。若非涨水季节，河流仅在靠近县城一侧的河床上流过，靠近沙坝一侧的大部分河床干涸、裸露着，白花花的乱石和沙土间，稀稀拉拉地长了些杂草和小树。洪水来时，浑浊的河水淹没河床，顺带也将那些杂草和小树淹没了，未被淹没的部分也因为河水不停地冲刷，不断地倒伏。浑浊的河水冲刷河床的同时，也带走了杂草和小树们的精神气，河水退去之后，它们倒还安在，却都蔫耷耷的，一副无精打采的样子，可没过几日，它们就攒足了精神，重又骄傲地昂起了头。因为河床是宽阔的平坝子，经常可见着大大小小的人影在河边走动，打鱼的，挖沙的，闲耍的。夏日里，好些是光着屁股在河里戏水的孩子。洪水退去之后，河床上横七竖八地摆满了洪水从上游带下来的木材，人们争先恐后地跑到河滩，即便捡不到可做家具的巨木，也可拾一些烧锅做饭的柴火，河床上于是挤满了密密麻麻的人影。二十世纪八十年代初的一天，一架直升机突然飞抵沙坝，因为没有像样的平地，直升机在沙坝上空盘旋了半天，好不容易才选定河床上一块平坦的沙土地落下来。直升机是来接一个日本人的。日本人去二郎山那边攀登贡嘎山，途中遇上雪崩，被掩埋在了雪地里。人后来是被救起了，但长时间的低温冻坏了日本人的腿，辗转被送到天全之后，便坐上直升机直接去到了省里的医院。日本人腿上的冻伤后来咋样，冻坏的腿是否得以顺利保全，沙坝人似乎都不大关心，叫沙坝人好奇和不解的是，这"鬼子"为啥不好好地在家待着，天远地远地跑来登那大雪覆盖的高山，纯粹是吃饱了撑的么。

河床靠近山脚的地方筑了高高的河堤。河堤之上，便是沙坝人聚居的村子。村子之后是青山，那是沙坝人的庄稼地和茂密的树林，我曾在《后街》一文里写到过那片青山，它多彩而立体的美感总是让我沉迷。事实上，村子和庄稼地之间还有一条公路相隔着。沙坝头就是公路和河岸之间的狭长地带。公路是著名的国道318线，如若不是专门去到村子里的人，就都沿着公路，开着车，一溜烟就过去了；即便是缓慢地步行，也顶多两杆烟的工夫。但不管是开车还是步行，村子靠近路边的部分均是看得一清二楚的。公路行经的地方本就坡坡坎坎，路筑起来之后，大大小小的坡坎似乎就更多了，但这一点也不影响人们修房筑屋的热情，能平的平之，不能平的依之或者靠之，因势而建，依地而立，只要可以勉强住人的地方，就有房屋耸立起来。房屋以前大多是老式的木屋，近些年纷纷改修成了钢筋水泥的楼宇，墙面刷得粉白，面路的一面镶着大块的玻璃，阳光照上去，明晃晃的，直扯人眼目。时间渐久之后，那些背路的住户也经不住诱惑，大约也有不服输的意思，争先恐后地将原先的老旧木屋拆除，建起了楼房，而且一栋比一栋高，一栋比一栋气派。

　　尽管和县城仅一水之隔，且和县城同属城厢镇管辖，但沙坝人却很明白自己的尴尬处境。这一条河的横距确是不长，可它有形无形的阻隔却是无时无刻地存在着，无以言表。在沙坝人看来，自己的所在其实就是乡村；但在乡下人看来，沙坝也是县城的一部分。这就是叫沙坝人感觉尴尬和矛盾的所在。说自己是乡村吧，却又和一般的乡村有着天大的不同，最起码没有足够耕作的田地，家家一日三餐的饭桌上摆放的，好些都是从河对岸的菜市上买回来的菜肴，也就因为这个，沙坝里的人家几乎家家都有人在外打工，他们从不挑剔工种，只要是能够挣到现钱的活路，他们都会争着抢着去干，有些人干着干着，就摸清了其中的窍门，自己也成了老板，渐渐就发了财，大多数人是干到再也干不动了仍旧是个普通的劳务工。说自己是县城吧，却又和县城真真切切地隔了一条河，尽管村子里的楼房是一天天地拔地而起了，但都是各自按着自己的想法建起来的，没有任何的统筹和规划，整个村子看起来就杂乱，毫无章法，最主要的，村子里没有哪怕一条可以摆摊设点的巷子，完全没有城市起码该有的样子。若是不熟悉环境的人走进去，无异于步入了一个天然的迷宫，非得要到你的头开始晕乎的时候才能找到出口。

但在远离县城的乡村人眼里，沙坝头地理位置上的优势还是显而易见的，有时候，这优势就促成了一桩桩的姻缘，好些向往城市的乡下人家，都愿意将自己的女子嫁送到沙坝头。我的一个表姐就是其中之一。表姐夫是个少言寡语的本分人，就因为老实本分，年近三十了，仍未娶到合适的女子，直到后来经人介绍遇上我表姐。那是二十世纪八十年代初吧，表姐嫁过来的时候，表姐夫家就已经修起了三层高的小洋楼，这么多年过去了，沙坝头好些人家盖起了新楼，以前住着楼房的人家也已经修缮了若干遍，可我的表姐一直住在嫁过来时的房子里，这么多年过去，人和房子一样，都苍老得有些刺目了。

砂　坪

西出禁门关，不出二里地，两边的青山猛然向后退开，视野里赫然呈现出一片开阔地。打老远的，就可看见一栋挨一栋的房屋，静静地耸立在摊开的青山之间，让人冷不丁地想到一双捧着的巨大手掌，而且相互对峙着的掌心一定是微微张开的，指端也必须得微屈着。青山葱翠如斯，山峦之间便是远近闻名的砂坪。而徙水呢，此刻就在左手边不远处静卧着，耳畔还可依稀听见哗哗、哗哗的，不住流逝的水声。走近了，便会看到一座桥，横跨在自右侧的山间流逝而来的河流与徙水的交汇口上，河水汇集时翻起的白浪，在桥下不断翻涌着，没咆哮出多远，便归隐到徙水平静的水面之下去了。河以前叫夷水，它的源头便是著名的白沙河，现在和流经的地方一起，都叫了同一个名字：小河。名字是这么个名字，但你绝不能就此以为夷水真的有多小。事实上，当你站在桥上看过去的时候，它和徙水一样有宽阔的河床，同样清澈的水流，也并不比徙水小多少。

桥的这头，耸立着几根高大的烟囱，被一堵高高的水泥墙面护卫着，高墙之外是高过人头的围墙，围着烟囱和几栋低矮的房子。尽管烟囱高出墙面的部分直伸向了半空，依然可以清楚地看到烟囱冒出的浓稠白烟，一年四季，不分昼夜。水泥墙面和高过人头的围墙都涂了水泥，平平展展的，经年累月，墙体上便累积了一层水泥灰，大约也有路上泛起的尘雾，水泥灰和着尘雾紧紧地粘贴在墙面上，厚的地方至少超过人的巴掌，日晒雨淋过后，有些地方脱落了下来，那墙面于是就斑驳了，让人想到地震过后的大地，杂乱而潦草得不堪垂睹，伸手去掰剩下的地方，还非得用些力气才能抠下一小块来。过往的道路两旁种上了树，周围更远些的地方也都长满了杂草树木，树木的叶片无一例外地沾满了水泥灰，水泥灰压着叶片，沉甸甸的样子，那叶片也就有些无精打采的了。

烟囱里排出的是砂坪水泥厂的高炉里释放出的浓烟。厂房的入口设在靠近桥头的地方，大门上竖着一块门牌，白底黑字写着厂房的名字。任何时候从厂房外的公路上经过，都可见到一辆辆装满水泥的大货车从水泥厂的大门里开出来，过桥或者向着县城的方向，晃晃悠悠地前行。因为有很高的标号，砂坪水泥厂生产出的水泥一直为远远近近的建筑师们所喜爱，也一直供不应求。好些远道而来的司机到了天全之后，直奔砂坪，将车排上队，终于装上水泥之后便又开着车离开了，事后你提起天全，对方总是一头雾水，但你一旦说到砂坪水泥厂，对方也就恍然明白过来了。久而久之，砂坪水泥厂便成了天全的一枚标签，外面世界的好些人，因为砂坪水泥厂知道并且记住了砂坪，继而知道并且记住了天全。

但只有身居天全的人才知道，再大的名声也遮盖不住水泥厂高大烟囱里排放出来的满天弥漫的水泥尘灰。砂坪人就自不必说了。因为地处县城的上游，河风一吹，水泥尘灰被带到了县城。自打砂坪水泥厂开工生产水泥的时候起，县城人每天晨起开窗，便可见窗户上一层灰白，鼻腔里擤出的鼻涕和咳嗽时吐出的口痰像混上了墨汁，家庭主妇们打扫卫生时，手里的抹布总是怎么洗都洗不干净，拖地的拖把无论怎么冲洗，冲洗过后的水也总是浑浊。砂坪水泥厂让更多外面世界的人知道了天全，这一点不假；厂子卖出大量的水泥，多多少少增加了一些财政十分需要的收入，这也毫无疑问，但它负面的影响和代价也显而易见。天全人清楚认识到了这一点，认识到了便付诸行动去改变它，而改变的结果，就是让砂坪水泥厂关停。据说是改址重建了，但被改建到了哪里，就不是砂坪人所关心的，也不是砂坪人能够关心到的事了。

更何况，砂坪并不只是有水泥厂。桥的那头，一家挨一家地立满了房屋，那才是砂坪人聚居的所在。靠近路边的人家大约是因了地势上的便宜，大多修成了楼房，但也有老旧的木屋，不过原先的木头板壁都换成了水泥墙，只保留了木头房架和青灰的屋瓦。不管是楼房还是老木屋，朝路的墙面上一律刷成了同样的色彩，这就使得杂乱的房屋有了一点整齐划一的意思。房屋之间自然有供人出入的小巷，倘若是不熟悉环境的人，走进任意一条，定会疑心自己是走到另外一个世界里去了：巷子里头的房屋大多还是老木屋，除了不时翻盖的屋瓦和屋檐下刚刚扫过又挂起来的蛛网，房屋基本上保持了初建时候的模样，没有任何改变，因为年深日久，有些柱子被虫蛀得坑洼不平了，但除非天灾来临，主人似乎一点也不担心房屋会出什么岔子。家家门前都有个晒坝，坝子的长和宽差不多也就是屋子的长和宽，如果不是有屋檐间隔着，几乎就是两块对称放置的长方形平地，大是不算大，但摆放两张竹条编制的晒垫是足够了，晒垫里摊晒着陈年的玉米或谷物；家家的屋檐下，都依着板壁立了齐檐高的木架，挂着新收的大豆捆或者成串的玉米棒；不时有狗叫声，从哪家的屋檐下突然传来，但没叫两声，就在主人的吆喝下收敛住了，拖着长长的舌头，呜呜呜地围着主人的脚跟转着圈儿。

靠河的一侧，一家家的房屋之间，陡然开着一道宽大的铁门。铁门里是一个开阔的大院坝，那是昌运二队的驻地。昌运二队是昌都汽车运输公司第二大队的简称，所从事的营生，便是川地和西藏之间来来往往的货物运送，相当于现今四处可见的物流公司。昌运二队的员工绝大部分是外省人，尽管砂坪是他们固定的驻扎地，但职业的性质决定了他们必须得像不倦的鸟儿一样，大部分时间生活在路上。平常去到昌运二队，所见到的便是他们的家属和少数几个在大院的某栋楼房里办公的管理者。他们衣着鲜亮，男士大多西装革履，女士则无一例外地涂了艳丽的红嘴唇，和天全人站在一起，一眼就能区别出他们的与众不同来。他们一开腔，吐出的就都是字正腔圆的普通话，耳畔长期侵染惯了本地土话的天全人闻之，便不由得张着好奇的眼睛，对他们另眼相看了。

院坝里，不时有几个摇着轮椅的人转悠。他们总是低着头，目不转睛地看着面前的道路，有意无意地躲避着周围人的目光，他们的身后，常常跟着一个和他们差不多年岁的女人，有时候还有个幼小的孩童。女人的双手握着轮椅扶手，小心翼翼地向前走着，目光同样是躲躲闪闪的。作为某次车祸的幸存者，他们似乎从没感到过自己的幸运，而家属们呢，自打他们突然坐进轮椅之后，心里便罩上了铅块一样沉重的阴影，似乎再不会有云开雾散的那一天。

昌运二队后来真就顺应了潮流，彻底改成了物流公司，砂坪那个大院坝于是成了昌运二队的旧址。公司后来在县城开发区为家属们修建了专门的家属院，能够凑够集资款的家属们就都集资买了新房，离开了砂坪；那些没能力集资买房的人家，只得继续留守在砂坪。旧址的院坝里，当年修成的楼房还在，但在砂坪不断林立而起的新楼之间，明显地低矮了下去，老了，也旧了。大院的铁门一如既往地紧闭着，铁柱上缀满了暗红的铁锈，仿佛日渐风干的血迹。没有了车轮和脚力的践踏，院坝里的杂草一夜之间疯长了起来，打大门外的公路上经过，一抬眼就能看见。

紫石关

传说这里曾经有一块巨大的石头，是紫色的，故而得名"紫石关"。但石头如何大，为何就成了紫色的，石头具体置身在何处，"传说"却始终是语焉不详，避重就轻地给忽略了。而地名却一直沿用了下来，渐渐地，人们也就只好相信了，转而又半信半疑地向世人宣告，这里确是有过一块巨大的紫色石头的。从禁门关出发，西进十多公里便到了紫石关。在历史上，这条路还一直延伸到二郎山，及其山那边广袤的地区，一路上熙熙攘攘地走着西进东出的背夫和马匹，运送山两边人们日常生活必需的茶叶和盐巴。那时候，禁门关和紫石关就都是这条路上必经的两个关隘，同时也是背夫们歇脚的驿站。时间流逝至今，路是不可避免地消隐了，但地理性质的关隘却是巍然不改，依然如初。

因为路途不远，我和诗人何文有很多次到紫石关去。后来有一天，何文以诗人特有的敏锐视角，写就了一篇短文，发表在《四川日报》原上草副刊上。全文是这样的：

两条路，一条河，呈"川"字形，将聚居于两山之间的人家分成若即若离的三处村落。

两条路皆赫赫有名：年轻那条，草创于上个世纪三四十年代，重建于1952年，叫川藏公路，又叫318国道。从这里出发，沿公路西行40公里，便是因山陡路险而名扬四海的二郎山。当初修路时，为了不扰民拆房，路在村前轻轻地绕了一个弯，从村后的空地旁绕村而过。路修通后，便有人家从村子里迁来，沿路修房建屋，一家挨一家，数百米的空地全建成了房，形成一条街道。川藏公路上，载人的客车、拉货的汽车，以及各样的小车，白天黑夜川流不息。有车就有人，有人就有生意。公路两旁的人家或开饭店，或开旅馆，或修车洗车，或卖烟酒土产，生意出奇的好。逐渐富裕起来后，木房就拆了，改建成一栋栋砖混结构的楼房，这个地方也就成了村子的新区。与公路毗邻的那条老路，历史上是声名显赫的茶马古道。村中有处关隘叫紫石关。旧时，驻守的士卒保障着道路的畅通，也守护着关前关后驿站里背夫及茶包子的安全。因有了这处关隘，这村就叫紫石关村，乡也就叫紫石关乡。

住在老村里的都是原住民，祖上许多是开供背夫们歇息的幺店子的。后来，因公路通了，背夫这一行当消失，便以耕种为生了。闲时，打猎、挖药、伐木作为副业。因土质为贫瘠的砂砾土，海拔又高，不出产大米、麦子，只能种玉米、洋芋、豆子一类的高寒作物。辛苦一年，产量不高，温饱还不能完全解决。人们便大肆开垦荒山林地，广种薄收，与自然抗争。也正因为开荒砍伐过度，频繁的泥石流常常让一年的辛劳付诸东流。

前些年，国家提出退耕还林，所有的山坡地又重新种上了树。几年间，已是绿满山峦。劳动惯了的村民，突然间从土地的束缚中解脱，感到找不到事做了。怀揣梦想外出打工的年轻人，因缺乏文化与技能，转了一圈，又重新回到村里。出路在哪里？村民们的双眼有些迷惘。

旅游热潮掀起，人们开始用新的目光审视自己：四围的青山退耕还林后更加苍翠，山脚的河水因没有污染而清澈如玉，蜿蜒的古道雄伟的关隘增添了历史的底蕴，再加上淳朴的民风古老的乡俗，开展乡村生态休闲旅游不就是最好的出路吗？于是，政府组织起村民，修葺道路，整治房屋，指导改厕改灶，实施以电代柴，复原古关隘，村中古道旁建起供人休憩的凉亭，在河边修了观景的小楼。乡村农家小院变成了乡村旅店。有过路的客人停车吃饭时，尝试着到老街上走走看看，大感稀奇，口碑相传，便有邻近的人慕名而来，尽兴而归。到了夏天，成都、重庆避暑消夏的客人结队，特别是老年人，来了就不想走，或老两口，或三五好友相伴，一住数月。白天，漫步古道，追怀往昔；或河边垂钓，看河水悠悠；或凉亭棋枰手谈，争输论赢。黑夜，卧听水声喧哗，犬吠鸡鸣，在星空与月色下酣然入梦。还与主人一道到菜地里，扶锄拔草，体验躬耕自给的乐趣。从菜地里摘来鲜得冒水的蔬菜，自是别有风味。游客多了，村里自发成立起"协会"，负责协调各家接待，帮助提高接待水平，组织村民整治环境卫生，一个个农家院坝变成了小花园。

　　一座铁索桥将一河相隔的另一处村落连起来。连起来，便融合在一起，也搞起了乡村休闲。生意是一样的红火。铁索桥头新立了一个仿古木牌楼，上写：生态民俗村。穿过门楼，站在铁索桥上，向村落的方向望去：新路，欣欣向荣。老路，焕发新颜。

　　文章的题目叫《古驿新村》，发表时编辑改成了《村庄在远行》，尽管文章后来获得了省报举办的散文比赛唯一的头奖，所得的奖金供我们猛喝了几次小酒，但我还是更喜欢原来的题目。不为别的，就因为它直截了当地说出了紫石关的历史。

新　沟

　　沿国道318线出天全县城继续西进，道路在峡谷之间穿行，眼看着前面已没有了路，车子突然一拐，崎岖的道路便又在瞳孔里蜿蜒起来。东拐西转之间，道路开始缓慢攀升，一直相伴而行的徙水，不知什么时候被丢进了茫茫山野，在你的视线里彻底隐去了踪迹。就在你努力着，想要记起徙水到底是何时消失的时候，视野里赫然呈现出一片错落的房屋，前行的道路像一条细长的水流，硬生生地将成片连着的房屋隔成了近乎对称的两半。作为国道318线的一部分，很多年里，这条路也是天全西去二郎山独有的一条道，而那些沿路而建的房屋，便是天全最靠近二郎山的小镇——新沟。穿镇子而过，离二郎山也就愈加的近了。等你到得二郎山巅，回首来路时，却只看见一整片延绵的山川和满山满地的绿，除了依稀留存于脑海中的影迹，刚刚路经的新沟，你甚至已经无法准确地说出它是在身后的哪块绿野了，于是，你不得不再次确信了那个古老的词汇：前不着村，后不着店。即便是仅仅路过一次的人，路过之后也便记住这个路边小镇了。

这个孤寂的路边小镇，其实是两路乡政府的所在地。乡的名字之所以叫两路，是因为曾经有过两条仅供人畜通行的小路，从这里出发，分别通往二郎山和马鞍山。路即是旧年的茶马古道，后来过境的公路筑成通车了，两条路便渐渐隐没于茫茫山野，成了人迹罕至的荒野的一分子，而乡的名字却一直沿用了下来。两路乡所辖的除了新沟，其余的村子都散落在周围的山峦沟壑之间，若是不知道的人，还真会误以为新沟就是一个孤岛的。

大约就因了山高路远，这里的乡场不像县内其他乡村，要么一四七，要么二五八，要么三六九，隔三岔五地赶一回。这里一月只赶三次集，时间是固定不变的，每月的初七、十七、二十七，真够算得上独一无二的。但凡逢七的日子，远远近近的小商小贩们从四面八方赶来，沿路两侧支起摊点，所贩的东西也无非就是布匹、衣物、水果、日常菜蔬以及其他的一切生活必需品。摊点上自然免不了出现一些当地人的身影，摆着本地出产的山货：野生猕猴桃、竹笋、蜂蜜、山药、黑桃、天麻等，样样都采摘自本地山野丛林，绿色，而且纯天然。过路的客人，或者外来的小贩们收摊返程之前，往往会走到当地人的摊点前，随带购些自己喜欢的山货回去。若是在冬天，摊点里还会摆出篾条编制的大背篼，里面装满白生生的大萝卜，吃过的人都说"新沟的萝卜蜜一样甜"，其种植所用的肥料一律都是农家肥，想不抢手都不行的，因此装满萝卜的背篼摆出来没多长时间，就被抢购一空了。近些年，有新沟人种植了山葵，这种味同芥末的高山植物，具有广泛的药理作用，稍加加工便是上好的调味品，因而远销海外，赚取了一笔笔的欧元、美元、日元回来。不少外面乡村的人知道了，眼里放着亮光，一副摩拳擦掌、跃跃欲试的样子，可待一细问才知道，这种绿色的植物喜欢在阴凉、潮湿、肥沃的土地里生长，一般海拔的平坝和丘陵地区根本就没有合适的土壤，外面乡村的人于是只有瞪着眼，低声长叹的分儿了。

靠山吃山，靠水吃水。镇子的后山里倒是有几眼汩汩流动的山泉，被新沟人引入打通了关节的圆竹筒，流进各家厨房的水缸里，供应日常生活所需，后来不用竹筒了，就在泉眼处筑了蓄水池，装了金属的管道，将水导引至各家的水龙头里。除此而外，新沟便再无水可依了。但新沟有山：新沟的所在本就在山腰间，举目也皆是无名的山川，背后还有举世闻名的二郎山。这让新沟人有了稳定的依靠。旧年里，运送茶包的背夫们西进东出，新沟是必经的驿站，背夫们翻山越岭行到此地，便会停下来歇脚，吃住，之后才继续未完的路程；翻越二郎山的公路筑成通车以后，过境的汽车司机们也习惯性地选择了这里，人和车一起进行充分的休整，该吃的吃，该喝的喝，想睡的睡。聪明的新沟人自然看到其中蕴藏的商机，杂货铺、餐馆、旅店、修车铺、理发店于是一家接一家地开了起来，而且一家家生意都异常火爆。这个偏居茫茫山野的孤寂小镇于是一天天繁华了起来，渐渐地名声在外了。人们都知道香港，都在报纸电视里看到过遥远的香港霓虹和熙来攘往的人流，人们暗暗地把新沟看作了自己的香港，但和真实的香港比起来，新沟无疑是小的，于是被叫作了"小香港"。新沟人心里明镜似的，这一切是公路带给他们的，说不定哪天，公路改道，或者提速了，眼前的一切又将回复到以前的样子。有了这样的思想准备，心里便油然生出一份自足。有了这份自足，脸上便总是笑呵呵的。在此短暂停留的客人看了，也就二话不说地走进了面前的店子去；个别见过世面的客人以为是遇上了"糖衣炮弹"，疑心其中藏着什么不可告人的玄机，已然迈开的步子于是改向去了别家店子，但耳闻的目睹的，也都是同样的情形，心底的疑云于是渐渐地散开了。到了结账的时候，客人们才发现，这里衣食住行的价格是都市里想也不敢想的，低得直叫人瞠目。新沟人在一旁看在眼里，脸上仍旧是笑呵呵的，算是对客人们的无声回答。

果不其然，新世纪伊始，二郎山隧道公路便筑成通行了。以前翻越二郎山需要至少半天时间，现在穿隧道而过，几分钟就到了山那一边。除了吃饭，或者车子半道上出了毛病，不得不停下来修理，那些过境的车辆大多径直跑去了二郎山，很少再在新沟停留，"小香港"于是只留存下一个名字，和路两旁渐渐空寂起来的楼房，供人们无所事事时偶尔凭吊一下了。

早有预料的新沟人尽管心有不甘，却也泰然处之。旅店是没法再开下去了，杂货店、饭馆、修车铺却是照开不误的，价格是一如既往的亲疏无欺，客人是骤然减少了，但新沟人从没想过要因此敲谁一竹杠。有一天，一位自驾游的重庆游客打新沟路过，走到半道时车出了毛病，于是选定了一家修车铺修理。车是三下五除二就修好了，但车主和店主却对修车的费用产生了严重的分歧。店主是一对修车多年的父子，从没遇到过这样的情形，他们问车主：那你觉得该给多少钱合适？车主想都没想就说出了一个数目，那是店主要价的好几分之一。修车的父子闻之大惊，自然是无法接受。双方于是发生口角。被怒气冲昏了头脑的车主和店主于是互相动起了手，修车的父子因为手里拿着修车的家什，而且是二对一，很快就占了上风。重庆游客不相信也不甘心，操起后备箱里预先放置的铁棒，朝店主父子抢起来。事情就这样见了鬼一样，朝着越来越不可收拾的方向发展。结果是修车的父子，可能是父亲也可能是儿子，瞅准了车主一个抢空的间隙，使尽全身的力气，朝着车主的头部，狠劲地舞出了自己手里的金属棒。随即便只听见车主"哦——"了一声，歪歪扭扭地瘫倒在地。人们见势不妙，赶紧叫来了救护车，把车主送进了县城的医院。

尽管抢救算得上及时，但重庆游客后来还是永远闭上了双眼。据说，在送往医院的途中，他曾短暂醒来过一小会儿，还和护送的人说过几句话，然后就是一声声的叹息。有人揣测，那是重庆游客对自己的言行表示后悔了。有人接着就问："那他和护送的人到底说了些什么呢？"问的人似乎也觉出了一丝不妥，转而自言自语地回答："人家只顾着救他的命，鬼才注意听他说的话咧！"

重庆游客的遭遇引起了媒体的注意。沉寂已久的新沟随之成为世人瞩目的焦点。网络上，不明就里的人们几乎无一例外地对新沟人的

"野蛮行径"进行了猛烈的抨击,却极少对意外离世的重庆游客提出质疑。那时候新沟还没有互联网,新沟人自然无从知道,修车父子的行动竟是如此轰动。等外面世界的消息辗转传至新沟时,新沟人差不多已经淡忘了此事,该干什么干什么去了。

二郎山记

　　风太大了。蛇形的道路崎岖又逼仄，行驶中的越野车轰隆隆响着，巨大的响声从头顶、从脚底、从耳旁的车窗外，直愣愣地钻进耳心里，一直不停地轰响，像一大群初学者同一时刻在耳边挥手擂响锣鼓，只感觉车子和身子随时可能散架，跌入路旁的万丈悬崖，粉身碎骨。在拐过又一个不大但绝对急促的弯之后，车子终于在一片绿茵茵的草地间停了下来。车子停下了，耳旁依然轰隆轰隆响着，像有无数双大手齐声拍打着车身。有人迫不急待地打开了车门，车内旋即灌满凉飕飕的风，车上的人纷纷打起了冷颤，索性都推开车门，钻出长方形的金属盒子，瑟缩着身子站到了呼啦呼啦的风里。又是六月，只能是在这个季节。我有好几次在秋冬季节里萌生过动身前来的念头，每次一给人提起，回应我的都是一片反对和责备之声，都觉得我不是在开玩笑，就是想找死。左侧的山巅上积雪覆盖，在六月的阳光下泛着耀眼的光。此前有一次我来时遇上阴天，山巅灰蒙蒙的，一大团白，山巅的雪和四周缭绕的雾叠映着，有形的山于是完全藏匿在了无形的白里。不远处的草地里，立着一根大木桩，以木桩为圆心围了一圈石头，石头和木桩之间拉着细绳，挂着彩色的经幡，路标似的晾在刺眼的阳光和蓝天下，老旧的已经老旧，似乎随时可能脱离细绳的束缚随风飞扬而起，新挂的一眼就能辨出是新挂上去的。刺眼的阳光、呼啸的冷风、绿茵茵的草甸、彩色的经幡……这一切，无不让人恍若置身于青藏高原的一隅了。但实实在在的，这里不过是从四川盆地到青藏高原的过渡地带，此途延绵，像一条漫长的斜坡，一步一梯，越往西走，沿途的高山险途越多，而这里是它必须要经历的第一道坎，第一梯台阶。世人习惯叫它第一道门户。所谓门户，想来不外乎两层意思：门内和门外是不同的世界；门曾经是关着的，现在它大开了，门里的世界于是清晰地呈现在世人眼前。

这是在海拔 2948 米的二郎山垭口。左侧的山巅即是二郎山的主峰，海拔 3437 米。地球上比二郎山高的山何其多，就是与此相邻的贡嘎山，其主峰也有 7556 米海拔。但此山非彼山，否则世界也就太单调乏味太大一统，也就没必要再分什么彼此了。出发前来之前，我特地百度了一下，却发现，全中国以"二郎山"命名的山至少有六处。惊奇和诧异是自然的，但只是一瞬。即便同名同姓者如此众多，但我想此刻我所在的这一座"二郎山"仍然是独一无二的。时值六月，山的东坡各类植物竞相绽放着绿意，枝繁叶茂的古杉、粗如碗口的毛树、树枝上幕帘般垂下的藤蔓、四处生长肆意开花的杜鹃……如被如盖，又像一井广阔的绿莹莹的深潭，民间有"随地立根锄把都能长出绿芽"之说，说这话的多半是山那边的人，说的当然是山这边的潮湿丰润、百草丰茂。而山的西坡就完全是另外一番景象了，满山满坡沙化的岩石，低矮的耐旱灌木和草丛，绿是绿了，但那绿像是被滤去了水分，或者是让火燎过了一般，淡得无精打采，近乎稀释过度的黄色颜料。绿和黄，应该是不同季节才有的景致，但六月的二郎山同时将它们呈现给了世人。山因此有阴阳山的别称。也有人因此将山比作一位粗砺强壮的康巴汉子，一边裹着厚厚的皮袍，一边赤裸着臂膀。

放眼西望，对面便是高入云端的贡嘎山。谷底是蛇形蜿蜒的大渡河，河水湍急，耳边呼呼的风声里似乎就夹杂着河水湿漉漉的咆哮声。我后来去过贡嘎山，也有几次路经大渡河，顺便近距离听闻过大渡河水的咆哮声，瞻仰过湍急的河水之上横跨而过的铁索桥，也就是久闻其名的泸定桥。当年曾经天险一般地阻挡着路过的红军，现在早已成了一座特殊意义的纪念碑，风尘仆仆赶来的人们站在河边、踏上铺着木板的桥面，铁索摇晃着，有人紧闭着眼睛默不作声，心里似乎想到了当年红军飞夺此地的情形，有人不免惊声尖叫了起来，声音在耳畔，算得上惊心动魄，但在河水巨大不息的咆哮声里，瞬间便被稀释成了蚊蝇一般的嘤嗡声。而在贡嘎山上，身边随处是堆积如山的皑皑白雪，炽热的太阳挂在瓦蓝如碧玉一样澄澈的天空中，仿佛一伸手就可触碰到，一次轻巧的原地小跳就可抓住。我想到我该像世上所有好奇的初访者一样来一场欢呼雀跃，但因为缺氧，脚下的步子像裹了铅块一样沉重，每一步都像踩在厚厚的棉花上，稍稍快一些就感觉呼吸困难，胸口憋闷得像是要炸裂，于是收敛起满溢的兴奋，慢慢悠悠，小心翼翼地迈着步子，心里不由得羡慕起不远处的草地里低头啃食的牦牛来。在严酷的高原，人和所有生命体一样脆弱和渺小，但作为高原人家普遍放养的物种，牦牛与生俱来的顽强生存力和适应能力，是人远不可及的。后来我想到了自己的来路，于是侧身向东，眼里却是白茫茫一片，就像此刻置身在二郎山垭口时，回身所见的只有茫茫山野，我们所来的道路隐没在一片无边的绿野之间，不复可见，如果不是亲身所至，还真让人疑心世上竟有这样的道路存在。

但路是确实存在的，否则也就没有我们此行，也就不会有国画大师张大千1940年亲临此地时所作的《二郎山》了。在那幅著名的国画上，张大师题有一首诗作，书写的便是二郎山当时的风貌："横经二郎山，高与碧天齐，虎豹窥阆阖，爰猱让路蹊。"我们所在的二郎山垭口，其实就是公路盘曲而上，最后翻越而过的地方。在书面和官方的文本里，这段路叫作川藏公路二郎山段，也叫G318线二郎山段，现在人们叫它二郎山老公路。所谓老，当然是相对于新而言的。新的公路是隧道，自半山腰穿山而过，从二郎山垭口下到海拔2200米的地方便可与之续接。老公路于1954年完工通车，而公路隧道则是在新千年之后才筑成通车的。在漫无边际的时间长河中，六十多年不过就是短促的一瞬，但也就是仅仅十多年的时间，老公路也就真的老掉了。六十多年前的筑路技术显然与今天不能同日而语，这使得废弃后的老公路具备了较强的可降解性。如果将道路设想为一个有机体：路面是表皮，沥青是保护层，保坎和路基是骨头，排水渠是血脉，而缝隙和裂痕是毛细血管。在二郎山漫长的雨季，降水加倍冲蚀着道路，首先渗透进表皮和保护层，大小石屑形成栓子堵塞血脉，将整条道路切割成一个个独立的单元。但从老公路废弃时开始，大自然这个高明的手术师，便显示出它无可匹敌的威力，对构成老公路的每一段机体进行解剖还原。丰沛的雨水和潮湿的空气进一步加速了这种还原，加速了公路所经地的植被蔓延。汽车改道他途了，老公路上渐渐长满了绿树和荒草，坚硬的水泥和石块筑就的路基，不经意间就变回了本来的模样，仿佛身处于二郎山怀抱里的盘山公路压根儿就没存在过，马力强劲的越野车每前行一步都像是在荒野里开辟新的道路，必须得蛮不讲理地横冲直闯才行。张大千当年曾经目睹的猴子和熊也随之回来了，大风里不时传来它们突兀而怪诞的嘶鸣……二郎山微眍着眼皮，似乎什么也没有发生。公路隧道筑通之前，司机老王曾经往山那边跑过多年的货运，此刻故地重游，老王禁不住给我们讲起了一个故事，主人公是与老王同路跑货运的另外一名年轻司机。有一段时间，年轻司机总是在山脚下遇到一对母女，她们从山那边搭顺风车到山这边的两路乡新沟村走亲戚，然后又搭顺风车回去。年轻司机第一眼就看上那个姑娘，一来二去间，年轻司机感觉到姑娘并不反感他。后来有一天，正在行驶途中的货车出了故障，不得不停下来修理。为防止车辆发生意外，年轻司机要姑娘的母亲坐在驾驶室踩住刹车，姑娘下车来帮年轻司机的忙，母女俩都同意了，年轻司机和姑娘钻到了车底下，年轻司机突然感觉这是个千载难逢的机会，于是双手捧住了姑娘红扑扑的脸，嘴唇跟着就贴了上去。姑娘惊了一下，很快对年轻司机的热吻做出了热烈的回应……来这里之前，我就好几次在不同的场合听人讲起这个故事，除了细节上的出入，其基本的线索大致就是司机老王所讲的样子。这事放到现在，是随时随地都可能发生，已经不叫个事了，但发生在十多年以前，发生在大风呼啸的二郎山垭口上，其可传播性和传播速度，乃至传播的持久性，便令人的惊讶程度陡然增加了若干个等级。

有些事，如不是亲耳听到亲眼看到，真是无法想象的。站在垭口上，我张开嘴，想要亮开嗓子哼上一曲，可刚一张开，嘴角便被无孔不入的风撕扯出一种冰凉的痛感。我赶紧抿紧了双唇，被迫变成了一个黯然的哑巴，转而在心里默唱起来：二呀么二郎山/高么高万丈/

枯树荒草遍山野/巨石满山冈/羊肠小道难行走/抗战交通被他挡那个被他挡/二呀么二郎山/哪怕你高万丈/解放军铁打的胆/下决心　坚如刚/要把那公路修到那西藏……（《歌唱二郎山》作词：洛水；作曲：时乐蒙）歌曲是当年专门为二郎山筑路者创作的。我在几本不同的典籍里看到过几张附录的照片，拍摄的便是当年的二郎山筑路工地，身穿军装的解放军战士腰缠细绳，悬挂在崖壁，手里握着铁锤和钢钎，在崖壁上开凿，大风吹着雪花，在照片上留下一片歪歪斜斜的线影。有些人头戴护耳帽，两侧的护耳被大风翻卷而起，像一对张开的鸟羽，有些人索性光着头，不长的发丝被风吹得乱如草蓬。有权威的统计资料显示，在修筑二郎山路段时，平均每公里就有 7 名军人献出生命，而长达 2000 公里的川藏公路，总共有 4963 名战士牺牲。2010 年 4 月 2 日，农历清明这天，二郎山东麓的天全举行了一场名为"魂归二郎山"的公祭活动，其主题就是纪念和缅怀当年修筑二郎山公路牺牲的烈士，将烈士们的遗骸从天全县两路乡的简易墓地搬迁到县城边的烈士陵园，让更多的人得以瞻仰到他们的墓碑。整条 G318 公路，始建于 1950 年，1954 年建成，十多年之后，司机老王在二郎山东侧的天全县城出生，三十多年之后，老王开始驾驶汽车往返二郎山，之后的某一天，老王突然丢开了驾驶多年的大货车，改当起了专职的小车司机，路线大多改去了雅安、成都以及其他更远的地方，现在，外面很多地方都通了高速，老王用"风一样"来表达他跑高速的感受，说的既是行车的速度，也有通行的方便和快捷。一说起高速路，司机老王便两眼放光。我们来的路上，经过好些处建筑工地，那是在建中的始自雅安、途经二郎山、直达康定的高速路，据说穿越二郎山的高速路隧道已经开掘了一半以上，真正地进入到二郎山的腹中了，预计

2017 年底将全线建成通车。老王此刻的兴奋就来自于此。

比盘山公路更久远的是如今人们热议的茶马古道。古时,成都平原通往二郎山的道路,后来被历史学家们考证为"南丝绸之路"的初始段,从距此 50 公里外的天全(碉门)开始,凭借山脉屏障和沟谷走向,二郎山成为这条汉藏古道上的一个枢纽。"西行康巴,南抵南诏",茶马互市时期的二郎山下,商旅云集,各地商家纷纷设立会馆、驿站,背夫万千,热闹非凡。茶马古道是一个特定时期与一片特殊地域有关的地理称谓,更是一个交通网络的简称,包括川藏道、滇藏道与青藏道三条大道,其中,尤以川藏道开通最早,运输量最大。而川藏道中的雅安(那时候叫雅州)到康定(那时候叫打箭炉)这一段,二郎山是必经之地。那时候,路是连猎人也很难涉足的荆棘路,只有那些买不起也养不起骡马的"干人",才会背负茶包,杵着丁字拐往返此间。来的路上,司机老王曾带我们去过甘溪坡,一个藏身于 G318 线路旁的静谧小村,村子里有一条不长的石板路,爬满了青苔的石板上至今还留存着一个个指尖大小的深窝,那是背夫们手中的丁字拐千百次杵过之后留下的窝痕。那段石板路和那些窝痕,也便是现今关于川藏茶马古道不多的真实留存,现今人们沿着古道,复制和重建了不少"遗迹",算得上逼真,也足够活灵活现,但失却了时间的雕刻和洗礼,那些"遗迹"就是赝品,洋溢着怪诞的气息和味道。除此而外,自此西进东出的遥迢道路,只留在一部又一部厚厚的典籍里被反复记叙了,后世的读者们每翻阅一次,便是一次特殊的祭奠。

古道消失了,但山还在,老公路废弃了,山依然在。用不了多久——事实上不用等,现在就已经可以见到——此刻我们所在的二郎山老公路,也将彻底变成荒野。途经二郎山的人们,走 G318 公路隧道或者走高速，只需几分钟，便可完成以前起码半天或者一天、甚至更久才能完成的事。而二郎山仍将继续屹立于世，无涯的时间所能改变的已经改变，而不变的，将是和时间一样久远的存在。就像永不停歇地吹过二郎山的大风，就像大风之中猎猎翻飞的经幡。

往返的道路都须穿两路乡新沟村而过。说是村子，其实就是沿着公路两侧筑屋而居的若干人家，每逢赶集，公路便成了街，成了集市。街很短，若不是特别留意，汽车一溜烟就晃过去了。返程的时候，一车人睹物思人，纷纷好奇地打听那个年轻货车司机和那个姑娘的下落，并争先恐后地对他们的后来设想出了种种可能。六月的车窗外大风呼啸，百草丰茂，绿意浓重，司机老王一直专注地开着车，等一拨人沉默下来的时候，老王突然接过话茬，说起那个司机的后来：娶了那个姑娘之后，年轻司机便没再继续跑车，他们生了一群儿女，早已长大成人，一个个纷纷外出闯世界去了，留下两位老人，一直生活在新沟村。

◇ 文笔山记

　　站在县城往东南方向望去，截住你目光的是一座小山峰，峰顶耸立着一座高塔。县城四周都是山，但和围着县城的其他几面山峰比起来，它实在算不上高的，如果硬要你选择一个恰当的词汇描述山的形状，你可能会想到很多个，但绝然不会想到古时的元宝。在旧时，山因此被叫作元宝山。你站在山坳里的县城，山在截住你目光的同时，也轻而易举地为你挡住了山那边呼呼而起的风雨。山上也长满了树木和杂草，山因此和二郎山下的众多山川一样，任何时候看过去，总是满眼的绿。树木和杂草在各自的季节里开出花朵，白的，黄的，红的，紫的，各种颜色点缀在大片的绿色背景上，那绿就不再单调，而显出多彩的美感来了。冬天里，白雪覆盖山顶，阳光照在上面，熠熠生辉，耀人眼目，成群结队的摄影爱好者们登临其顶，快门咔咔直响。但天全向来温润潮湿，雪是个稀罕之物，白雪覆盖的景致并不多见，因此它一出现，便会引起人们浓厚的兴趣，摄影的，赏雪的，游玩的，男女老幼，络绎不绝。

　　有路自山脚一直通到山顶。起先是供人和牛羊行走的小道，爬坡上坎，曲曲折折地穿行在密林之间，林间钩藤缠绕，荒草葱茏，如果没人领路，你在其中迷失是八九不离十的；早些年，小道被修整、拓宽，路面铺了水泥和石板的梯步，路两边立了水泥杆子，杆子上挂着玻璃罩的电灯，夜一黑，灯就一溜亮起来，站在县城里，那路的轮廓就清清楚楚地蜿蜒在你瞳孔里。这时候，你的目光会自然而然地停留在山顶，在几盏聚光灯的照耀下，山顶上的那座高塔刺破夜空，磁铁一样直吸你眼，不由得你不去瞩目。

高塔名曰文笔塔，元宝山因此不再叫元宝山，而改叫文笔山了。至于为什么会改叫这样一个简洁直白的名字，就得从天全的历史上去寻究根源了。因地处西南僻地，蛮荒之地，纷争不断，唐至清初的数百年间，天全均被恩准实行土司制度，高、杨二土司，一正一副，于是成为天全史志上两个极为重要的注脚，今人若要回溯天全的历史，总是无可回避的。因为偏僻蛮荒，纷争不断，天全人自古就崇尚武力。其中最著名的，要数杨氏后裔杨永武了，这个"力大无穷，一顿可吃半甑饭"的大力士因被朝廷征召从军，屡立战功，后官至将军。但在被征召离家之后，杨永武便一去无消息。多年以后的一天，孤苦伶仃的母亲正在地间干活，一只硕大的乌鸦突然飞临老人头顶，哀鸣声声，盘旋而飞，久久不肯离去，母亲念子心切，惶惶地对着天空念叨："如果你是永武，你就下来吧。"老人话音一落，那只乌鸦收起翅膀，猛然跌落下来，闭气而亡。因为杳无音讯，族人们把那只乌鸦当成了杨永武的化身，隆重地埋葬了起来，心中的念想于是有了托付之所。坟茔如今还可在文笔山下杨氏族人曾经聚居的村庄里找见，坟地里长满了萋萋杂草，倘若无人引见和指认，你见到的便不过是一个普通而寻常的土堆。时间不觉到了乾隆年间，时任天全州官的是一李姓学士，李姓州官自打上任起就觉出了天全尚武轻文的弊病，想方设法力图改变，却总是无从下手。一天黄昏，李姓州官走到县城的一条小巷里，看见一形若弯月的深潭，潭水清澈无华，潭中清晰地倒映着元宝山的影子。李姓州官于是灵机一动，在元宝山顶修建一座宝塔，大力倡导为文之风。塔就叫文笔塔，而元宝山也就随之有了另外一个名字——文笔山。时光有序而世事纷乱，塔初建时为四层，建好之后历经过几次严重的毁损，有人祸，也有天灾，但每一次毁损之后又都很快重建了起来，现今耸立在山顶的是七层高塔。由四到七，想来不仅仅是数字的变换，但这样的高低变换之间存在着怎样的玄机，就不得而知了。但是，因为塔的存在，人们渐渐遗忘了元宝山这个本来的名字，只管它叫文笔山；尽管没出过响当当的人物，但自从塔竖起来之后，天全为文之人渐多，都是世人皆知的事实。

有了石板路，有了塔，登临便是顺理成章的事情了。俗语说：世上从来不缺风景，缺的是发现的眼睛。当你沿着石板路一步步登上山顶，那感觉自是在城里远看起来所无法比拟的。当山脚下的县城渐渐离你远去，你会因为位置的变换有些恍惚，有些不适应，继而会不由得想，此刻自己的所在该是在城里看到的哪个点上？半山腰有歇脚的凉亭，亭身不高，整个的被路边茂盛的竹子和树枝结结实实地掩隐着，在你气喘吁吁的时候，忽然闪现在你眼前，你在凉亭的长条凳上坐下，身边是一阵阵凉爽的微风，这风令你赫然惊醒：在城里连凉亭的边角都看不到，更别说此刻的自己了！终于到得山顶，你首先要做的，必定是绕着文笔塔转上一圈，或者更多圈，然后抬起头，瞻仰塔身。塔尖高高在上，你站在塔边，肯定不是想和塔比高低，其实不用等你站在那里，高低之分早已一目了然。再放眼远望，看到山脚下县城里的高楼、你熟悉的街道，你身在县城的时候，这些都是十分具体生动的：街道宽阔，人来车往；楼房林立，鳞次栉比；天全河清澈如斯，不疾不徐地流着。但在你此刻的目光里，这一切都静止成了一张阔大的水墨画。即便你是一个初到天全的人，你可能记不住曾到过的街道，忘了见过的人，但你一定会记得文笔山，记得这张画。多日之后，有人再向你提及天全，你在脑海中搜索半天，然后恍然大悟："是不是城边上有座文笔山？山顶还有文笔塔？"川西莽莽群山之中，大大小小的县有很多个，大大小小的山不计其数，位于县城边沿、且被叫作文笔山的，独独天全所有。等你有机会再次来到天全，不用主人邀请，你也会主动爬上山去。于是，越来越多的外地人知道了天全文笔山，知道了山上有座文笔塔。山因塔而闻名了，而塔呢，也因山而传诸于世。

也就是到了山顶，你才发现，文笔山上其实不止有文笔塔，山顶也不是想象中孤绝的圆顶形，而是近乎对称的两个山包。文笔塔耸立在右边的那个山包上，山尖被削平，塔四周是平整的水泥地。而左侧的山包则是一座亭子，离亭子不远，还立着一块石碑，碑四周长满了碧绿的翠竹，碑上密密麻麻地写满了年份和人名，字都被涂成了红色，经年之后，依然红艳如血。

石碑是最近一次重修文笔塔时才竖起来的，碑上所载，皆是自一九七七年高考恢复之后的历届文、理科状元。上了些年纪的人站在碑前，念着那些名字，大部分还能清楚地说出那是谁家的孩儿，如今身处何地，做什么样的行当，末了总免不了一阵唏嘘。

按寻常的认识和理解，贵为高考状元，经过高等学府的熏陶和锤炼，现今都应该打拼出一片天地了。但凡事并不都是我们想象和希望的样子，世上的路有直道也有弯拐，再平静的海面也总会涌起浪涛。全如碑上某个名字的主人，大学毕业之后回到家乡，做了一名普通的公务员，因为工作业绩突出，又写得一手漂亮文章，很快引起有关部门的注意，经过进一步的考察，被提拔成了某个部门的领导。真可谓前途无可限量。可就是在这节骨眼上，他恋爱了，恋爱本身是理所应当的，偏偏他所爱恋的女子没有和他一样的想法，在他表白之前人家早已开始谈婚论嫁；这本来也是可以理解的事情，世上美女成林，你换一棵树去吊或许就成了，可他不愿意换，誓言非那人不娶；后来那人就出嫁了，对象自然是人家早先心有所属的那一位，眼睁睁地看着自己心爱的人儿成了别人的新娘，这样的现实对他无疑于晴天霹雳，无论如何也接受不了；于是他开始不按时上班，或者上着班，突然跑掉，然后是不能上班，然后是趁守护的家人不注意，溜到街上到处闲逛……到如今他仍未婚，走在街上，你可能迎面碰上：他穿着笔挺的西装，正对着路边的电线杆或者树木说着动人的情话。近旁冷不丁有认识的人唤他的乳名，吆喝他回家。他猛一惊，抬起头嘿嘿一笑，然后转过身，在你的视线里渐渐走远。看着他的背影，你比他还要失魂，还要落魄。

刻在碑上的名字已七十多个，他算得上是其中的一个特例。人们没说他是学文科还是理科的，也都不大情愿提起他的名字。每到周末或者假期，石碑前总可以见着一家家的人，一家三口静静地站在碑前，注视着石碑，大人们不免要给孩子讲起"他"的故事，一边鼓励自己的孩子好好学习，但名字不必非要刻上石碑，一边警示着，生怕一不小心，自己的孩子就步了"他"的后尘。

在行政区域上，文笔山属向阳村地界。村子就在文笔山脚下，依山脚而立，一家家的房屋都掩隐在翠绿的树木和竹林之间。一条小溪从村子里穿流而过，小溪名叫洗脚溪，秋冬季节，溪水很细，也浑浊，像刚刚被人搅动过的泥水凼。春水一发，水流骤然变大，水流带走了泥沙和堆积了一冬的污物，那水质就清澈了，但水流的声音依然是纤细的，像谁家的丫头们羞涩的私语。去文笔山的路打村子里经过，走在路上，听闻着水声，人家户里突然传出狗吠声，驻足细听，却分不清是谁家的狗在叫，而那水声，你此刻是再也听不到了。

早年间，农户们还利用空闲时间在文笔山上开垦出一两块荒地，种上各种时令菜蔬，浇灌用的是自家茅坑里的大粪，从不打农药，是正正经经的绿色蔬菜。蔬菜成熟之后大多用于满足自家的餐桌，剩余的则送到市场上换些零碎钱，往往是还没送进市场卖菜的摊点，便被抢购一空了。后来退耕还林还草，荒地都种上了树，没种树的地方也很快长满了密密麻麻的荒草。树长到一定时候就需要修剪树枝，树枝晾干之后是上好的柴火。于是你去文笔山的途中，就能遇见有人背着成捆的干树枝往山下走。天气晴好的日子，还可见到一位老人，花白的头发，满脸的皱纹，身材瘦小，步履稳健，精神头十足。老人背的是竹篾片编制而成的背篼，你问老人的年龄，老人咧嘴一笑："你猜呢？"你报出几个数字，但都与老人的实际年龄相差甚远。看你云里雾里的样子，老人会自报出来："嘿嘿，八十有六了！"自打从外地嫁到向阳，老人就天天上文笔山砍柴，现在已是儿孙满堂，家里早烧上了煤，装上了电器，儿孙们也一直反对老人爬山捡柴，但老人却依然故我。老人的回答很简单："没办法，习惯了，总觉得双脚踩在文笔山的土地上，呼吸着山林间的空气，踏实！"

◇ 桃花山记

　　县城往北，靠近山脚的地方是一片狭长的开阔地。能凿平的地方都被凿平，开垦成了水稻田。冬天里种下油菜，到了春天，高过人腰的油菜开了花，满世界的金黄。油菜收割后开始种稻，翻耕过后的稻田里蓄起了水，明汪汪的水面映着蓝天，顺便也把大岗山和梅子岭也纳入其中，成为一个超级画框里最具生机的组成部分。

　　沿着田埂往山脚走，眼看着去路就要被山挡住，道路突然向大岗山脚一拐，一条小溪静静地蜿蜒在眼前。小溪对岸，梅子岭料峭的山体上突显着一片不大的无名山坡，坡上长满了各色杂木和萋萋荒草。山坡四周，凡能开垦的地方都被勤勉的农人开垦成耕地，种上了庄稼，独独小山坡荒芜着。如斯多年。像光洁的皮肤上突兀地生长着的一块疤痢。

　　谁都不会想到，老韩会一眼瞧上这块疤痢。老韩是一个水果种植能手，曾自行钻研出一种简单易行的嫁接技术，既容易操作，又有极高的成功率，因此获得了市里的科技进步奖，并得以扩大范围推广。而推广的方式和方法，就是老韩经常接受外地同行们的邀请，去到现场教授他独特的嫁接技术。人们猜测，可能是老韩厌烦了四处奔波忙碌的日子，也可能是这块无名山坡在老韩眼中有着常人未能发现的独特价值。总之，因为山坡一直荒着，在人们的猜测和议论声里，老韩没费什么劲就把无名山坡租了下来。

老韩先是在靠近溪边的山脚盖起了一间茅屋，接着将山坡上的杂树一一砍除，露出光秃秃的山体。人们这才发现，无名山坡陡峭不说，还七七八八地堆满了乱石，心里于是更加明白，无名山坡之所以一直像疤痢一样存在，实在是因为太缺少土地的天资。砍除杂草树木之后，老韩便埋头按照自己的想法整理山坡：那些裸露的巨石是不会动的，勉强能整平的地方千方百计地整理成平地，实在不能整平的地方就在斜坡上挖出一人宽的梯步，铺上条石或者水泥砂石。老韩觉得还缺少什么，站在茅屋前，抬眼望着光秃秃的山坡，老韩明白了，山坡上还应该有一条路。于是着手修起了路。路也就一人多宽，过小溪，自茅屋边到山顶，依着山形，盘曲而上，乍一看，像一条无声蠕动的蟒蛇。接着，老韩开始在山间挖掘小土坑。看着山间星星点点、不断出现的新土堆，望着老韩不断挪动的身影，人们隐约知道了，老韩是要在山坡上种树。等老韩哼哧哼哧地背着桃树苗，一棵棵地栽种下来的时候，人们才确切地知道了，老韩租下无名山坡就是为了种桃，心中暗暗为他竖起了大拇指，无名山坡如此贫瘠，也实在只适合种桃。对于老韩的独特眼光，人们显然由衷地叹服了。

桃树起先都是弱不禁风的幼苗，第二年春天，便蹿到了齐腰高，又过了两年，便高过了人头，蔚然成林了。是桃树就得开花，春天里，满山满坡，红艳艳一片。最先看到花开的，自然是一直在溪旁茅屋里深居简出的老韩，可在老韩看来，一切都是顺理成章的事情，现在是开花，不久之后还将挂果呢。老韩是看在眼里、喜在心头。然后是沿溪而居的村民。满山的桃树刚刚挺起花骨朵，眼看着有了开花的意思，村民们便抑制不住不断高涨的兴奋劲，迫不及待地将消息传到了小溪以外的世界。于是很多人知道了，县城北边的小溪边有个小山坡，山坡上种满了桃树，开满了桃花。傍晚时分散步，或者周末外出游玩，便三三两两地踩着县城北边的田埂，穿过油菜花丛，去无名山坡看桃花。也不知是谁先顾名思义地叫出来的，无名山坡渐渐小有名气之后，人们再去，就都直截了当地说：走，去桃花山。

去的人渐渐多起来之后，老韩又在半山腰的桃林里平整了两块平地，修了几间屋子，摆了木桌和杯盏。木桌上可摆茶杯，也可放碗筷。茶叶是采自溪边的野生绿茶，绝对的纯天然之物，价格却是你想也想不到的，五元一杯。而碗里的吃食，便是来自满地奔跑的鸡。这样一来，人们去桃花山是更加有的放矢了：春天里看桃花，春末夏初吃新桃，没花看没新桃吃的时节，就在桃花山上转悠，累了坐下来要杯茶，背靠桃花山，满眼青山绿水，随你想坐多久就坐多久，饿了可就地点杀活鸡，凉拌、清炖、红烧、爆炒……白宰、椒麻、药膳、五香……想怎么吃就怎么吃。

去过多少次桃花山，我已经记不清了。但见到老韩的次数却不多，印象最深的有两次。第一次是在春天，那时候我对老韩还是只闻其名未见其人，脚步一跨过小溪，踏上桃花山的土地，我就不断地搜寻老韩的身影，只觉得看谁都像却又不敢确定那就是。一问才知，老韩一早就提刀出门了。我一惊，问干什么，回答的人指了指开满桃花的山顶：喏，在割杂草呢！

最近的一次就在秋天。去桃花山的游人明显比平常少，去的时候，老韩正端着烟杆，坐在小溪边的茅屋门前，吧嗒吧嗒地抽烟。我问老韩："来人这么少，你就不担心？"老韩笑了笑，大约明白了我问的是他的收入问题："怕啥？谁都不来，山不还在这里么？!"我点点头，不再言语，心下却不得不承认，老韩说出的是一条被我们遗忘已久的真理。

◇ 九
　十

　　用数字为一个村庄命名，并且这个数字是不多不少的九十，大约
只有天全人才干得出这样的事情。究其缘由，有两个不同版本的说
法。一说是这个地处川藏茶马古道旁的小村落曾经有过繁华的过往。
在茶马互市兴盛时期，大大小小的铺面开满了整个村子，买卖茶叶
的、食宿的、贩卖日用杂货的，一家接着一家。总之，那时的九十就
是一个规模不小的集市，有心的人粗略统计过集市上铺面的数目，恰
好是不多不少的九十家。村子于是被叫作九十铺。一说是由村子所处
的地理环境导致的。村子的所在是一个延绵山坡的半山腰，存在久远
的川藏茶马古道翻山越岭而来，经过村子之后，又翻山越岭逶迤而
去，后来修筑的川藏公路也差不多是其扩大版，单单在经过此地时改
行到了谷底，成了河流的同行者。南来北往的人们打天全路过，几乎
注意不到这个无名村庄的存在。村人不甘心自己的村子总是被忽略，
像无人领养的孩子一样被遗弃。于是有人带头发动全村子的人，砍除
了野树和荒草，凿开岩石，扒开泥土，搬来宽阔的条石，筑起了自谷
底到村口的石梯路。石梯路筑成以后，人们回头一看，才发现石梯的

台阶竟是不多不少的九十步。据此，村人便理所当然地把自己的村庄叫作了九十步。但到底是九十铺还是九十步，一直没有定论。我把厚如砖块的县志翻看了若干遍，竟也未发现有关九十的只言片语，仅仅是在一张手绘的行政区域图上，看到一个针头大小的黑点，旁边标注着三个小如虫蚁的汉字：九十村。

2000 年以后，我有几次深入到九十的腹地去，亲眼看了看这个被忽略乃至被遗忘在时间之外的村子。巧合的是，每一次去，竟不约而同地选择在了阳光明媚的夏季。看过之后，脑海中便有了个大体的基本清晰的九十。它浓烈的色彩，尤其让我印象深刻。

绿

阳光明媚的夏季，万物丰茂，绿是当然的主题。房屋间见缝插针地垦出的菜地里挂满露珠的菜蔬、山地里东一小片西一小块已然挂须的玉米、村子旁大片的红心果林、村子四周肆意生长的竹林、乱石沟壑间自生自灭的杂草树木……这一切构成了一个不同层次、深浅不一却又浑然一体的绿色世界。远远地看去，活像一张凹凸有致的绿色地毯，或者一幅绿莹莹的水墨。但请放心，当你走进村子，与白菜、玉米、竹子、红心果树，甚或杂草树木站在一起时，你就会深切地感受到，九十的绿是多线谱的，具体、实在，却不单一：竹枝间一年四季高擎的翠绿，刚刚挂果的红心果树肆意绽放的浓绿，菜地里的菜蔬们羞涩呈现的浅绿，即将转黄的玉米叶上残存的淡绿……你会不由得想着，不远的秋天，绿树叶黄而后飘落、菜地翻新、玉米成熟，那时的九十，又该是怎一番景象?! 但在阳光明媚的夏日，汗涔涔地行走在九十的山野沟壑间，随便在哪一片绿树下站立，都仿如站到了天然的空调房里，浑身的燥热即刻如烟般消散开去。

白

平平展展的水泥路自山脚蜿蜒而上，像一个大开的"八"字，穿村子而过之后，急速地向另一侧的山脚沉落而去。村子里的房屋毫无章法地散落着，难得有三五户聚集在一起的，起先也都是一家人，后来人丁壮大了，分成了若干户，分出来的人都不舍得离开世代居住的老地基，便依着老房子搭建起新房子。房子大多是老式的木架子、木板壁，上面盖着青色的屋瓦。新建的房子大都围着老屋，前后左右，因势而建，依势而立。通行的建筑美学在这里行不通，中国南方民居常见的四合院在这里也毫无立足之地。如果走水泥路一晃而过，你便只会看到路边耸立着的楼房，楼房都不高，三层或者四层，楼房的外墙像约好了似的贴着清一色的白瓷砖，没贴瓷砖的也抹上了白色涂料。如此统一的模子，倒是一点也不落于外面世界的步调。但这只是静态的白，在九十，我还看到过动态的白——一群人顶着白色的孝布，抬着沉甸甸的棺材，伴着号啕的哭声行进在崎岖的山道上，白色的纸钱雪片般纷纷扬起，又缓缓落下。不久之后，村旁寂静的山岗上便立起了一座新坟，坟前燃着逝者用过的衣物和大堆的纸钱，浓重的白烟慢慢散尽之后，留下一堆白色的灰烬，迎着风，纷纷扬扬地满世界飘荡。

青

村庄寂静。村庄旁茂密的竹林更静。村庄的静是因为越来越多的村人选择了背井离乡，村子里只剩下不多的老人和孩子，房屋空了，田地空了，道路空了……整个九十，差不多就是座被掏空的村子。而竹林间的静则是因为荒芜，因为人迹罕至，因此当我们拨开竹枝，踏着厚如棉被的金黄落叶走向竹林深处时，心底便油然生出一种仿如隔世的恍惚，脚下的步伐于是愈加的蹒跚而迟疑，仿佛是在进行一场前路未知的探险。事实上，当我们真正置身于林间时，才恍然明白，我们其实是在寻访——摆在我们面前的，竟就是早已湮灭在历史烟尘中的古道。确切地说，是川藏茶马古道的一部分。条石路基上密密麻麻地印着锥杯状的深痕——那是背夫们歇脚时，手里的丁字拐千百次杵击过后留下的拐子窝。三五步之间，还可见着状如足底的凹槽，抬脚踩上去，恰好可以放下一只脚——那是背夫们沉重的双脚千百次踩踏后留下的鞋印。让我们确信自己是在寻访的，还有路边耸立的一块石碑，碑上刻满了密密麻麻的汉字，经过长时间的日晒雨淋过后，碑身趴满了绿油油的青苔，字迹已模糊到无法辨认。不久前，有关部门曾经组织了县内书法、文化方面的众多专家前来研究，经过专家们反复仔细的推敲和讨论，这才大体上弄明白，石碑是明朝年间竖起来的，碑文的内容，是关于寡妇刘范氏组织村人修筑道路的事迹，但刘范氏领人所修的，是否就是我们此刻所在的这阙古道，碑文却语焉不详。想象着先人背着茶包艰难前行在长满青苔的路面，我们不约而同地抬起脚，向着路基上的鞋印踩去。却因为不习惯单脚独立，一个个纷纷跌倒在地，身上沾满了泥土和青苔。日后想起，那青苔和臀部很长时间才消散的淤青，便成了我们曾经到此一游的有力证据。

红

信步在村子里走着，冷不丁会听见一阵长长的鸡鸣，循声而去，便看见四处游走的鸡群，为首的通常是一只健硕的大公鸡，顶着大红的冠子，大摇大摆地走在队伍的最前面。你站定，它也便带着队伍停在那里，张着大红冠子，扭动脖颈，警惕地望着你，不知道是否把你当成了可能随时置它于死地的怪物？你再移动脚步，它便首先扑闪双翅，咯咯咯地吆喝着同伴，逃离到你够不着的地方去，继续张着大红冠子望着你，不知道是否在思考着如何应对你随时可能伸向它的魔爪？

在九十，我还看到过身着大红袄、头戴大红花的新娘。也许是因为羞涩，也可能是因为大红袄的映衬，新娘满脸通红地穿梭在人群之中，在新郎的介绍下，不停地招呼前来道喜的亲朋。新娘的脚下，满地是鞭炮响过之后的红纸屑。新家的龙门口边，早些时候，曾有几个彪形大汉将一头肥硕的毛猪按倒在长而宽的条木板凳上，同样彪悍的屠夫举着明晃晃的屠刀，准确无误地刺进肥猪的脖颈，来自颈动脉的血液以喷射的方式迅速从肥猪的身体里溢出，大部分流进了条木板凳下事先准备的大铁盆子，少部分不可避免地飞溅到水泥地上。现在，宰杀用过的条木板凳已经搬离了现场，肥美的猪肉也早已变成美食摆上了宴席，而龙门口边，还留着亮汪汪的血水。

在夏天里去九十，并不是每次都可以看到大红公鸡和头戴大红花身着大红袄子的新娘，立在村部的那杆红旗却是必能见到的。村部就在水泥路的一个拐角上，门前有个小院坝。但凡去九十的人，看着路边白色外墙的房子，脚步不觉间就会步入村部的小院坝里，立在院坝边上的那杆红旗随即便会映入眼帘。旗杆是就地取自山野间的老斑竹，看上去却和普通的旗杆没有两样，也丝毫不影响把旗帜高高擎起。有一次，我在村部的小院坝里遇见一个小男孩，他指着猎猎飘飞的旗帜，怯生生地告诉我："看，天安门！"小男孩拖着长长的鼻涕，看上去不过五六岁，或者更小，恍若儿时的某个伙伴。在他眼中，有红旗飘扬的地方就是天安门。

◇ 桥
　头
　堡
　记

　　桥叫西进桥。长不超过三十米，连着桥栏，宽也不过五六米。两
辆车相向打桥上经过，司机须得小心翼翼，缓慢而行，才不至于相互
撞上或者撞到旁边的桥栏。桥栏是一律的条状花岗岩石错落着垒砌而
成的，高不过腰身，即便是咿呀学语的孩童，也可以透过条石之间的
窗孔看到桥下桂花树日渐繁茂的枝叶，和汩汩流逝的溪水。桥头竖立
的条石上刻着"西进桥"三个大字，字是硕大的繁体，随石形竖形排
列，字都涂上了红色油漆，经年之后，色彩是渐渐地淡了，字形却依
然清晰。为了更便于车辆和行人通行，桥建成之后修缮过几次，桥面
加高加宽的同时，也把桥头刻有桥名的条石盖掩埋到了地下，如今是
再也见不到了。据《天全州志》记载，桥在建成之初并不叫西进桥，
而叫承宣桥，天全人则习惯称之为神仙桥。从建成之初，一直到现
在，却从未听闻何时有"神仙"在此出现过，不免让人疑心，这神仙
桥是否就是承宣桥的谐音，一种美丽且一厢情愿的误读？天全口音和
普通话本就大相径庭，就连天全的"天"字也被读作"千"音，土地
的"地"字被读作"计"音，经过多年的口口相传，把"承宣桥"误

读为"神仙桥",便不是什么奇怪的事情了。

过西进桥往上,是军城和蛮市脑,再往上便是禁门关了。军城和蛮市脑,现在分别叫解放街和挺进路。名字是两个名字,道路却是彼此延续的。如果不是特意去关注,你定然察觉不到那会是两条不同名字的街。

事实上,军城和蛮市脑的确是曾经互不相干的两条街道。盛唐以前,天全是一片由三十六部落、四十八番寨统治的疆域,各个部落各为其主,各自为战。混乱是必然的,纷争也是必然的。僖宗年间,随着高、杨二土司的入主,这片偏远的疆土于是被统摄了起来,蛮荒是依然的,混乱和纷争却是渐渐地少了。此后的某个年份,具体的时间现已无从查实,能查见的仅仅是一个笼统而模糊的时间点:南宋中期以前。事件倒是再清楚不过的:此间,禁门关一带筑起了石头城,常年有士兵戍守。过往禁门关的道路,仅可两人并排通行。禁门关本就险峻奇绝,天全河流经时,更是乱石穿空,惊涛拍岸。行人路过时,该是何等的惊心动魄?!由此可以想见,那时的石头城,又该是何等精致和渺小?!但再渺小它也是城,现今回溯,它理所应当地成了最早时期的天全县城,最起码也可以算作天全县城的雏形。到了明洪武年,当时的"碉紫所百户"盛茂受命驻守天全。碉,即是碉门,禁门关在旧时的称谓;紫,即是紫石关的简称,通往藏区必经的又一个关隘;百户,则是古时的一个官阶名;碉紫所百户,便是守护县境之内两个关隘的军政领导。在盛茂的主持下,石头城被重新修筑,周围六百丈,还设东西南北四门,东侧便是承宣桥,西侧靠近禁门关,而南北两侧是大岗山和天全河,真真切切地应了那个好词:依山傍水。既是军政领导,盛茂主持建成的城池,当然得首先用于驻军,四界之间的区域因此有了个响亮的名字——军城。既是军城，普通百姓自是不能随意出入的，而在城池之外，三面地势险要，唯有朝向大岗山的北门外有田畴沃野。时间渐久之后，大约也有人数增加的缘故，原先散居于军城外的居民们开始聚拢，北门之外、大岗山下于是出现了一条崭新的街道，顾名思义地就叫了新街子。

从新街子出发，经禁门关、甘溪坡、紫石关，一路向西，翻二郎山，过泸定，可到达康定和西藏，及至更辽远更广袤的南诏。唐以后的漫长岁月里，一代又一代的天全人背着茶包，踏上这条路，他们的身影如今早已湮灭在时间的烟尘中，岑寂无声，不复可见，唯余一条荒芜的道路，隐现在茫茫山野间，为世人所津津乐道（人们称之为茶马古道）。也就是自那时起，禁门关内的茶马互市应运而生，地点就在现今的挺进路。从一开始，茶马互市就来往者众，人、马聚集，商贸交易繁多，当时的挺进路因此堂而皇之地叫了"蛮市脑"。

蜀茶总入诸藩市

胡马常从万里来

随着南来北往的背夫和客商越来越多，"蛮市脑"除了提供交易的场所，再也没有地方可供背夫和客商们栖身。背夫和客商要吃喝拉撒睡，马匹也要吃喝拉撒，"蛮市脑"无处可歇，他们便很自然地涌到了近旁的新街子。旅店、酒楼、商店、茶社、烟馆、客商和官绅们的府邸，雨后春笋般林立而起，寂静的新街子于是风花雪月地热闹了起来。在天全人的眼里，成都的"实业街"也无非就是这个样子了。原先一心耕作的新街子人，争先恐后地改做起了新的营生，有的甚至也成了茶商或者背夫，有的则是一边耕地一边从事新的营生，种庄稼和挣钱两不误。南来北往的背夫和客商们所需要的一切生活必需品，都在新街子获得了满足，同时，他们也把外面世界的信息和新鲜事物带到了这里。有些外来人来到新街子就喜欢上了，置了房产，娶了新街子的姑娘，彻底扎下了根，慢慢地把自己变成了新街子的一分子。新街子人好奇地将他们统统接纳了下来。那些爱赶时髦的年轻人，则模仿起外来者的口音和衣着，有意无意间对祖祖辈辈操持的传统物事进行了革新。

但是，这些都只是表面可见的，更深层的影响和变化不易觉察，等人们恍然明白过来的时候，已经是既成事实，人们看到的也已是变化过后的情形。

整体上看，新街子和蛮市脑的布局呈一个"Z"形。新街子靠近蛮市脑的那个拐角，曾经是县食品公司所在地，主要从事着收猪、杀猪的营生。食品公司里面有一个开阔的院坝，可供孩子们聚集玩耍。公司里的一个工作人员，曾经是国民党的炮兵团长，在解放战争中率部起义参加了解放军。一米八的个子，腰板笔挺，经常一身毛呢将校服，皮鞋擦得雪亮，真正称得上是气宇轩昂。他的工作就是收猪，用剪刀在猪身上编号。乡下的农民把猪赶来，他看一眼，就能估摸出多少斤，上秤后果然相差无几。有算得精细的人会先让猪饱食一顿，他用手摸摸猪肚子，要送猪来的农人等几个小时再来过秤，几个小时间，猪吃进去的又被拉了出来，重量当然更接近真实，但这却是卖猪的人不愿见到的。炮兵团长操着一口流利的普通话，认真地和卖猪人解释，有时候不免发生争辩，炮兵团长急得脸红脖子粗，眼看着就要和卖猪的人动起手来，但见他将雪亮的皮鞋磕了几下，身体弹簧一样挺得笔直，不再言语，卖猪的人只得悻悻地离开了……

　　现在还能在新街子上看见一些歪歪斜斜的木头房子，青色的屋瓦，木制的板壁。木头板壁中间一团像被人用水洗过似的，颜色明显要浅淡。那是一位上海先生的杰作。上海先生是上海某大学的高材生，在二十世纪六十年代就天天西装领带，夏天穿的皮鞋上打很多孔。上海离着天全十万八千里，没人能说清上海先生是怎么流落到了天全这条小街上的。他每天除了在食品厂干点杂活，就是提着小桶、拿把排笔，用清水在新街子的木头板壁上写字，从街这边写过去，从另一边写回来，常年不断，风雨无阻。等他写累了停下来休息的时候，街上的孩子们便一窝蜂围拢上去，听上海先生讲上海滩的事情。上海先生到底讲了些什么，没多少人在意，孩子们感兴趣的不过是上海先生口中的吴侬软语，皱巴巴的，很好听。"文革"以后，上海先生离开了新街子。他后来在书法上的成就如何，新街子的人就无从知道了……

　　也许是紧临军城的影响，新街子习武的风气一直很盛。二十世纪七十年代，天全最知名的武林宗师钟老头就在新街子。那是一个真正称得上精神矍铄、鹤发童颜的老人，徒弟遍及整个天全县城。在新街子，常常可以看到他指点徒弟们进行散打练习。其中的一个徒弟，练得全身肌肉一块块的凸起，刀枪棍棒都能舞弄，小小的天全城里几乎是无人不知无人不晓，活像电视里的陈真。那年月，电视里正播放武打片，很多新街子人不知道他真实的姓氏，私下里都把他视作天全的陈真。有一天，他不知怎么惹恼了毛灯笼。在人们的印象中，毛灯笼向来是个循规蹈矩的小伙子，极不起眼的。但不知怎的，面对钟老头的徒弟，毛灯笼一改平常的温软柔弱形象，抓起一块砖头，乘钟老头的徒弟不注意，猛砸了下去，远近闻名的陈真立时头破血流，满脸是血，不得不被人送进医院，头上缠了白花花的纱布。从此，远近闻名的陈真再不练武，成了一个比毛灯笼还循规蹈矩的人……

这些人物和事件，都发生在"近年"。走进新街子，你随便找一个端坐在街边竹椅上闭目养神的老人，都可以讲出很多旧事给你听。背景无一例外都是模糊的，事件的主角也都是模糊的，没有具体的姓氏。更久远年代的人和事，如今已很难找到见证者，也就无从说起了。

"近年"，确切地说是在新中国成立以后。这时候，川藏公路已经建成通车，路过县城的路就打承宣桥和军城经过，经禁门关西进康藏的道路于是便捷和通畅了起来。新街子因此被丢到了一旁，成了一条冷冷清清的背街。也就是从公路筑通的时候起，承宣桥被改建成了公路桥，名字也因此改叫了西进桥。过西进桥右拐，穿过一条不足百米的石板小巷，爬上一节石梯就是新街子。现在，旧年的烟馆、酒楼、茶社、旅店已是无迹可寻了，街面的熙攘和繁华也已是过眼云烟，现时的人无论怎么穷尽想象都不复再现了。倒是那些客商和官绅的府邸还留有一丝痕迹。府邸都是四合院，两进的、三进的，最大的是李家院子，竟然多达七进。走在新街子上，你无意间推开一扇大门，或许就进到一个曾经的四合院里去了。四合院的房舍你是见不到了，但当年的房基还在，院中宽阔的庭院还在。冷不丁的，你就能听到上了些年岁的人油然而生的感叹："可惜了那些房子，如果保存下来，多好！"

一切都在不停地发展，又不停地变化。即便是过往军城的道路，后来也因为沿江路的修筑，落入了和新街子一样的命运，路过的人和车辆少了，人气自然一天天淡了下去。后来，县城渐渐扩展到了西进桥以下，马路宽阔，高楼林立，人们纷纷蜂拥而去，西进桥上方的新街子、军城、蛮市脑便愈加的冷清了。倒是西进桥，还一如既往的人来车往，人声鼎沸。不为别的，就因为桥头的那家鸡汤抄手。

鸡汤抄手的店铺是一栋木头房子，紧挨着西进桥头而建，乍一看，俨然就是桥墩的一分子。站在桥上，不用垫脚弯腰，一伸手就可摸到房顶的屋瓦。店铺的柱头、地板、墙壁、窗格子，无一不是木制的，老旧是老旧了，却让人感受到一种深切的亲近和温暖。进得门去，在脚下咯吱咯吱的声响里，屋内的陈设一览无余：木制的长条凳、木制的桌子，因为使用年成已久，木质的纹路清晰而鲜亮，仿佛涂了一层薄薄的油漆。

店铺经营的项目是不多不少的三种：鸡汤抄手、椒麻鸡、毛梨儿酒。从店铺开张的时候起就是了，从来没有变化过。鸡最先是店主自家饲养的，从不喂饲料，生意越来越火之后，自家的鸡供不应求了，店主就到邻近的乡村农家去选购。鸡汤是否好喝，鸡肉是否可口，学问就在鸡的选择上，太老了不行，太嫩的也不行，如何选择符合要求的，店主有一套自己的秘诀，从不与外人道。鸡买回来之后，并不立即宰杀，而是放养到院子里，让鸡沾染一丝西进桥下新鲜的气息，啄食林间飞动的虫子和泥土里蠕动的蚯蚓，待身上的脂肪减少得差不多，肌肉更强健之后，宰杀的时机也就差不多到了。有了上好的鸡肉，还得配上好的调料，和所有凉拌鸡的原始调料一样，也不过是盐、白砂糖、花椒粉、辣椒油等，但经过店主的调配和炒制，那味道就与众不同起来，既麻且辣，又香甜可口。至于鸡何时宰杀，鸡汤如何熬制，汁水如何调配和炒制才恰如其分，客人们是见不到的，绝大部分食客对此也不感兴趣，他们来到店里，为的是品尝到店里的鸡汤抄手和椒麻鸡，至于那美食是如何加工而成的，就不是他们想弄清楚的事情了。店里盛酒用的是本地土窑烧制的白色土巴碗，宽口，坦底，半斤八两的毛梨儿酒倒进去，也不过是半满不满的一碗；而酿酒用的毛梨儿，则全都采摘自天全的高山荒野，发酵成酒之后，依然保持了野生毛梨儿浓郁的清香，甜滋滋的，清醇可口。初次品尝的人往往因此被迷惑，把酒当成了饮料，大碗大碗地喝了，等毛梨儿酒凶猛的后劲发作，酩酊醉过之后，方才知道自己"上当"了。随即又发觉，几阵凉兮兮的河风吹过之后，那酒劲就过去了，浑身舒坦，头不晕，不恶心，没有一丝寻常醉酒的痛苦。

世上的事就是这么不可思议。一家仅出售三样东西的小店，却吸引了越来越多的顾客。他们当中大多都是到天全走访的客人或者西进东出天全的人，经人介绍，吃过一次之后就记住了鸡汤抄手的味道，以后再来，便带了亲朋一同前来品尝。如此一传十，十传百，鸡汤抄手的名声渐渐就响了起来。到如今，外地人西进东出天全或者天全人宴请外面来访的客人，首先想到的总是西进桥头的鸡汤抄手，却不说是鸡汤抄手，而是特别指明鸡汤抄手的所在——桥头堡，久而久之，"桥头堡"便成了鸡汤抄手的代名词，一说起桥头堡，就都知道是要去西进桥头喝鸡汤、吃抄手、品毛梨儿酒。店铺至今没有正式悬挂铺名，桥头堡也就成了它的名。

更让人觉得不可思议的，是店主的经营风格。店铺的生意是越来越火爆，但店主却坚持每天只营业到下午两点就关门歇业，雷打不动；每年春、夏两季，各闭门休假一个月，也是雷打不动的；很多人瞅见了鸡汤抄手蕴藏的巨大商机，鼓噪着，但店主丝毫不为所动，依然故我地坚持着自己的"四不"政策：不对外扩张，不开设分店，不生产附属产品，不打广告。有一次，著名诗人张新泉来天全采风，在店里品尝着美味，即兴念出了两句诗：

喝天全鸡汤
写人间好诗

这样的大好事，在很多人眼中那是可遇不可求的。在场的人无不大呼精彩，纷纷建议店主将其写成条幅张贴出来。店主微微一笑，不置可否。他的一切做法，都显得有悖常理，人们在一旁看着，也只能在心里徒呼奈何了。

俗语说，人上一百，形形色色。来店铺的客人多了，就难免有不满意的。有一天，一个客人不知什么原因和店员发生了口角，店主不得不出来劝解。不料那客人的火气一点没消减，反而变本加厉，大骂起来，还摔了碗筷。末了，又掏出一叠钱，猛一下砸在店主的头上。店主这下是真的火了，双唇哆嗦着，老长时间说不出话来，双脚跺得山响，在木地板猛然腾起的尘雾里，好不容易吐出几个字："不要，不要给我说钱！"……这事疯传了很长时间，县城里的人大都知道了，以至于到了现在，人们一说起桥头堡，总免不了说起这则旧事，免不了对那个蛮横的顾客嗤之以鼻，而对店主，却不约而同地选择了沉默。

上 ◇
街

　　在我长到可以翻山越岭之前，天全一直是一个静默的字眼：街。
它通常和另外一个字一起出现在大人们口中，而频率，完全由家里几
只母鸡生蛋的频率、菜地里蔬菜的长势和盐缸里盐粒的多少来决定。
事实上，我所在的村庄隶属于天全县辖区内的一个乡，而在大人们口
中，天全就是县城的代名词，就是赶场要去的那个地方。

　　县城的景物、事件开始真正走进我的视野，并逐渐生动、鲜活起
来，是在我六岁那年的夏天。那一天，明媚的阳光照耀在溪头沟两岸
的土地上，逼仄的溪流映着阳光，哗哗、哗哗地鸣响着，向着既定的
远方奔流而去。溪流拐角的地方有潭，潭水静默，直耀人眼。路边的
树木和杂草上挂着露珠，我此前好些时候注视过它们。躲在露珠下面
的我眯着眼往天空看。我在不同的露珠里看悬挂在高空的太阳，它有
时候很大，有时候却很小很远。等我从露珠下起身的时候，才发现太
阳其实一直还是那么大那么圆，没有任何变化，有变化的是我所处的
位置，是我眼中露珠的大小。

　　那天，是我第一次离开溪头沟，和爷爷一起上街去赶集。走在上

街去的路上，我的心思便全放在了"街"上，我被牵引着，只感觉一种前所未有的兴奋和好奇塞满了六岁的身体。我蹦着，跳着，不觉间就将爷爷甩出了老远。那一年，爷爷已七十岁高龄，但除了被多年的白内障搞坏了视力，身体还算得上硬朗。爷爷挂着拐杖，不紧不慢地走。出家门不远便开始爬坡，我的双膝渐渐感觉到了不适，胸口像是被什么东西堵住了，不得不停下脚步，双手扶膝，弓着身子大口地呼吸。爷爷的脚步却一如既往，不一会儿就走到了我跟前。我抬起头，看到爷爷脸颊和花白的发间挂着大颗大颗的汗珠，每走一步，一颗接一颗地滑下来。但爷爷似乎没有感觉到，一直不紧不慢地往前走。

坡顶上是一个垭口。一块十平米见方的平地，光秃秃的，到处散落着烟蒂，有几根还依稀冒着烟。平地四周放着几块石墩，圆鼓鼓、光溜溜的，石缝间的杂草刚刚抬头便被踩踏得没了脾气，一副病恹恹的样子。爷爷选了一个石墩坐下去，然后端起拐杖，后仰着身子冲我说："来，点起！"我知道爷爷是要抽烟，爷爷那根拐杖就是根特别制作的烟杆，需要抽烟的时候，爷爷就端起来，等我给装上烟卷，点燃，吧嗒吧嗒地抽。猛抽了两口，爷爷吐出嘴里的烟雾，开始跟我说话。他说："你那么慌做啥子？路是一步步走的，你再慌，一步也就是这么一点点……"说着，将手掌横立成刀，接连在拐杖上砍了几下，喉结蠕动着，吞了一口口水："看到没有？就是这么一点点！"

看着爷爷横立着的手掌，我的头摇成了拨浪鼓。后来上了学，知道了龟兔赛跑的故事，我才真正明白了爷爷的话。那以后好多次，说到那天上街，爷爷总是笑着说：屁大一点，风风火火的，真像赶集似的！

溪头沟和县城一山之隔。在行政区域上，这个二郎山下的小村落有一个更加简洁的名字：新政。它坐落在二郎山南麓一条长长的深凹里，一条条细小的水流自深凹地流淌而出，然后汇入天全河，向着更远的地方流去。这大约就是溪头沟这个名字的来历了，我就此问过村子里的老人，没有人说是，也没有人说不是。

出门便是山。自小，就不时听大人们这么对人说起溪头沟。没有埋怨，也听不出一丝兴奋，仿佛说出的不过是一个事实而已。实际上，溪头沟真就是二郎山脉众多小山之间一条普通的壕沟，因为水流的存在，便顾名思义地拥有了这样一个名字。好在，山都是小山，相比二郎山，很多只能算作小土堆。因为二郎山的阻挡，起自青藏高原的寒流刮到二郎山便折返了回去，使得溪头沟的山川避免了大风大寒的侵袭，一年四季，总是绿莹莹的。

因为被山丘围困，溪头沟里可用于耕种的稻田极其有限，却是玉米、大豆、小麦、土豆等农作物生存的良好土壤。很长时间里，家家户户的餐桌上摆放的都是这些食粮。这样的土壤，也是各种植物希冀的寄居之所。植物都需要开花，需要结果。各种各样的花朵在各自的季节里盛开，无疑是美的，却常常被人们忽略，首要的原因自然是繁重的劳作和艰辛的生存，此外大约也有熟视无睹的缘故。花朵之后是果实。和花朵相比，果实的美不仅仅是颜色各异的外观，更在于它对味蕾的刺激和诱惑。很小的时候，我就被大人们教导，哪些果子是可以吃的，哪些是要毒死人的。对于那些能吃的果子，大人们通常是一边说着，一边就做起了示范，以打消我们心头的疑虑；而在那些有毒的果子面前，大人们声色俱厉地举出一些"不听老人言"斗胆吃下去的人的例子来警告，这次说，张家的二狗子吃了，拉肚子住院住了很久才医好，下次说王家的三娃吃了，没过三天就死了。主人公都有名有姓，不由得我们不信。

　　植物的繁茂，使得溪头沟的山野成了飞禽走兽们聚集的乐土。野猪、刺猬、松鼠、山鸡、红豆雀、画眉、麻雀……它们来到溪头沟，就再没想过要离开。它们栖身在溪头沟的山野里，房前屋后，河边山岗，谷堆上、雪地里，冷不丁就会撞见它们的身影，听到它们的叫声。溪头沟的山山水水因为它们变得立体而生动。它们和山丘溪流、雪地谷堆一样，都是溪头沟理所当然的一分子。最讨人嫌的是野猪，不仅翻吃地里的土豆和玉米，还不时溜出林子，大摇大摆地出没在房前屋后的空地里。有一年秋天，一头野猪甚至直接窜进了牛三的家。那是在夜里，牛三正沉浸在梦中，听见野猪撞开门的声音，蒙蒙眬眬地朝门口瞅了一眼，以为是自家的猪又打圈了，便倒头继续睡了过去。等大人们在一阵撕心裂肺的惨叫声里冲进牛三的屋子时，牛三的嘴角已经被咬开了一个大口子，如注的鲜血染红他的衣服和脖子。牛三的命倒是保住了，但细嫩的嘴角却因此歪斜了下来，说话的时候总不能吐出准确的发音。大人们组织了好几拨队伍去猎杀野猪，放了很多枪，也真就打到了几只，但没人知道其中有没有咬伤牛三的那一只。猎过之后，村人们美美地吃上了几顿野猪肉，也再没有谁家的门被野猪撞开过，但庄稼地里的玉米和土豆照样不时被吃掉。自此，溪头沟家家户户向来洞开的大门也夜夜紧闭起来，不是为了防盗，而是为了防止野猪不期而至的造访。

　　牛三本名牛学军，是我一起长大的伙伴。这些年，我每年都要回溪头沟几次，却一直没见过他。听大人们讲，牛三后来在雅安城边上讨了一个瘸腿的老婆，结婚之后就再也没回过溪头沟。我猜想牛三不是不想回去，而是把溪头沟当成了他无法面对的伤心之地了。

　　上街的路，翻过垭口之后便全是下坡了。

　　这是老路，在我之前，我的爷爷、父亲、母亲和溪头沟里世代居住的乡亲已经走了很多年。后来在顺着溪头沟的方向修了机耕道，进出溪头沟的路才算变得平坦，最近机耕道铺上了水泥路面，算是名副其实的新路了。可此时，爷爷却早已不在人世。

　　那天在垭口上，我听从了爷爷的话，余下的路，跟着爷爷走得不紧不慢。在城里，爷爷带我去理了发，还买了一个军绿色的帆布书包。秋天里，我便成了溪头沟村小的学生。之后，又有很多次经过垭口去往城里。直到十多年后，成为县城的一个普通居民。

　　有了机耕道之后，溪头沟人上街便很少再翻越垭口了。每次得知我要回去，父亲总免不了要事先打来电话，说：不要再翻垭口上了——路荒！当路不再有人走的时候，它便不再是路，而是荒着的土地，或者叫它荒野更合适。

　　从地理位置上看，溪头沟和县城隔着一座小山包，像一个人摊开的双手或者双脚，但在溪头沟人的心目中，县城却成了他们要"上"去的地方。有一天，雅安城里的一位朋友邀我去玩，朋友说："嘿，选个时间上来耍噻。"我心里一惊。雅安地处天全河的下游，自打能记事起，我听到的都是"下"雅安去，而在朋友那里，雅安也成了我要"上"去的地方了。我这才恍然，所谓"上""下"，其实和地理位置没有任何关系，而是由人们脑海中由来已久的思维定势所决定的。在雅安朋友那里，就是一种心理上早已习惯的优越感。转眼已在县城生活了近三十年，对于溪头沟，这样的优越感我从未感受到。

　　白沙河确是一条河。在县城西几十公里外的崇山峻岭之间，我没
有去过。想象中，它应该有清澈见底的水流，满河滩干干净净的沙
粒。少辉说，真是这样的，水很干净，可惜的是那些树。少辉是白沙
河木材公司的员工，经常去监督检查白沙河畔的伐木工作，他的话我
自然是信的。少辉去白沙河畔的时候，我们说他是"上山去了"。少
辉没上山的时候，就在白沙河木材公司里办公，地址就在公共汽车站
对面，空闲时我经常去那里找他。去的时候，通常会约上大刘等一竿
子人，就说："走，去白沙河。"都知道是去汽车站对面找少辉。

　　我要说的白沙河，就是这个地方。两三人高的铁门，花岗岩镶就
的高大门楣。大门右侧是三间两层高的平房，左侧是一排金属栅栏。
铁门和金属栅栏都留着尖溜溜的顶端，直指天空，像一排高高举着的
匕首，透着拒人千里的威严。金属栅栏的最左侧就是白沙河木材公司
的办公大楼了，高五层，清一色的茶色玻璃，阳光照下来，整栋大楼
就绽放着金灿灿的光芒。

　　大楼门前是一片开阔的院子，堆满了木材，全都是刚刚剥过树皮

又经过大锯改开的，一年四季堆积如山，仿佛从来就没减少过。除此而外，就是地毯一般松软的锯末和四处弥漫的浓浓的新鲜木材的气息了。我起初很不习惯，去的次数多了，也就渐渐习惯了闻那气味，习惯了踩那满地松软的锯末了。

看到那些木材，想起少辉的话，我就禁不住想象当它们还是树，一棵棵仁立在白沙河畔时的样子：高大挺拔的枝干，繁茂的叶子，枝丫上一定有巢，鸟雀们鸣叫着，在不远处的高空低飞。有风的时候，那些枝叶就迎着风，轻轻地摆动。我在其他地方见过这样的林子，我想白沙河畔也应该就是这个样子的。

我认识少辉，还是在雅安读书时的事情了。那时，少辉在川农大林业系读本科，我在同城的一所中等卫生学校学医，少辉组织过几次同乡会，我因此认识了很多在雅安读书的老乡，包括组织者少辉。少辉有一副难得的好口才，每次聚会，大家都被他招呼得舀舀帖帖。他早我两年毕业，回来后就进了白沙河木材公司，具体的工作就是根据公司的需要，设计采伐计划，白沙河畔的工人们按着少辉设计的计划，哼哧哼哧地砍伐那里的树。

少辉的住处就在进门右侧的两层小楼上。前后两小间，进门的一间被少辉安排做了客厅和厨房，一张方桌，四根条凳，满墙角放着锅碗瓢盆、柴米油盐之类的生活必需品。靠街的一间是卧室，里面就摆了一张单人小木床。因为临街，房间里随时都能听见街面上的响动。尤其在夜里，人声渐渐稀落之后，疾驰而过的汽车声就更加清晰和响亮，轰轰隆隆的，像新近凑到一起排演的鼓手敲打出来的鼓声，杂乱，带着金属的质地，彻夜不息地鸣响。但我们不在乎。很多时候，我们甚至就没注意到，仿佛它从来就不存在。那时我们都还懵懵懂懂的，我们聚到少辉那里，无非就是喝酒、吹牛、放声大笑，无忧无虑，乐而忘形，哪里还有精力去关注别的事情呢。

少辉的办公室则在左侧那栋大楼的第三层，办公室不大，到处堆放着各种各样的图纸、表格、报纸和专业杂志。我好几次在那里看到过《四川工人日报》，上面有整版的文学副刊。那时我刚刚开始写作，对一切都还不得要领，却一心想着发表。我从报纸上抄下报社的地址和编辑的名字，战战兢兢地把手写的稿子寄过去，却从来没在上面看到过自己的名字。少辉对我说：会的，一定会的。我看着少辉，笑了笑。我知道少辉是在鼓励我。

我去少辉办公室的次数并不多。每次去了，一到下班时间便去他的住处，没日没夜地疯玩。玩累了，几个人就往少辉的小木床上横七竖八地躺下去呼呼大睡。那时候我们都还是单身，有大把大把的时间可以用来消遣。

少辉并不擅喝酒，从认识的那一天起，他就很少喝。我以为参加工作以后，少辉会改掉这个习惯，起码会多少喝一点，毕竟已步入社会了，很多东西会因此发生改变，却没想少辉能一如既往地坚持下来。通常，在我们喝着的时候，少辉就在一旁坐着，为我们添菜倒水，然后主动揽下洗碗的事情，以此作为我们不灌他喝的条件。每次一上桌，少辉就以此为条件躲开我们的劝诱，正好我们都愁吃过以后找不到人洗碗，也就顺水推舟，成全了少辉。慢慢地，这就成了一种惯性。更让我没想到的是，少辉会变得很少说话，在我们山吃海喝天南地北地瞎侃着的时候，他也只是笑笑，不时在一旁给我们打气："喝噢，喝噢！"

后来我才知道，少辉并不是真的不会喝酒。有一天，我们几个照样子准备又推杯换盏一番的时候，少辉竟出人意料地将昔日盛装米饭的碗换成了和我们一样的空碗，我们尚未开始他就默默地挨着大刘坐了下来，双手直直地扶在膝上，上身因此挺得笔直，神情也异常严肃。我们从来没见过他这样。大刘握着的酒瓶停在半空中。在一整片惊奇和诧异的目光里，少辉笑了一下，然后说："倒起！"声音不大，却是不容置疑的。不知是不敢相信还是没听清少辉的话，大刘呆着没动。少辉于是从桌子底下抽出一只手，指了指眼前的空碗，说："倒！"我们这才明白了，那天的少辉是真的要和我们一起喝酒的。在一起那么长时间，这是第一次。我们都十分兴奋，几乎是异口同声地欢呼了起来。

这样的情形，此后还有过一两次。每次喝过之后的第二天，少辉就又恢复了以前的样子，他说不喝我们也不坚持，像什么都没有发生过一样。每次喝，少辉都很凶猛，不管碗里倒了多少酒，他端起碗，一仰头就干了，我们于是兴高采烈地跟着喝下去，结果，我们一个个先后都醉倒了，唯独他若无其事。

这期间，还发生了两件事情。

第一件事是少辉悄悄地恋爱了。最先知道这事儿的是大刘。那是在冬天，那天大刘休息，下午的时候特地去市场买了菜，然后按照事先的约定径直去了少辉那里，到了才发现房门是关着的，敲了半天也没人开，大刘以为少辉是有事情出去了，就翻窗户进去了。此前好几次，少辉没在的时候，我们就是翻窗户进屋去的。大刘进去以后发现里间的门也是紧关着的，觉得有些诧异，但没想太多，就开始摆弄晚饭。过了好一会儿，里间的门突然嘎吱一声开了。少辉睡眼惺忪地走了出来，身后跟着一个长发女孩，也是睡眼惺忪的模样，脸颊绯红，满脸羞涩。大刘一下明白了，是自己翻窗进来时弄出的声响惊动了少辉和长发女孩的美梦了。那一晚，我们吃过饭就离开了白沙河。少辉本来就年长我们几岁，他能够博得长发女孩的青睐，我们都打心眼里为他高兴。我们不想打扰少辉，扫了他的兴。不久，少辉就和长发女孩结了婚，他们的新房选在了离白沙河不远的一栋楼房的顶层，推开窗户，一眼就能将白沙河木材公司收在眼底。

另外一件事是在婚后不久，少辉便从白沙河调到了林业局工作。和他的地下恋爱一样，这件事我们也是在它变为既成事实之后才知道的。在林业局，少辉的工作是植树造林。少辉是五年的林业系本科毕业，经过这么多年，才终于学有所用。后来我去过少辉在林业局的办公室，里面依然堆满了各种各样的图纸、表格和专业杂志。少辉说，他依然会不时"上山去"，目的地是包括白沙河畔在内的所有辖区，不同的是，以前是去砍树，现在是去植树。是还债，更是一种悖论，有些滑稽。

那天我去的时候，少辉一直不停地忙着，接电话，接待不时走进办公室的人，处理他们送来的文件，除了给我泡了一杯茶，几乎没和我说几句话。我注意到，这时候的少辉仿佛又回到了学生时代，说话时眼里不时释放出异样的神彩。有一瞬间，我想问问少辉是否还记得当初说过的话——记得那时提到白沙河，他是这样说的："那里有干净的河水，可惜的是那些树。"看着他忙忙碌碌的样子，我一直没机会说出口，但我想少辉是不会忘记的。

少辉离开以后，我就再没去过白沙河。白沙河之所以吸引我，多半的原因便是少辉，现在少辉不在那里了，我也就没有再去的必要了。但路过倒是经常的。有时候，禁不住就走近那道花岗岩镶就的高高的大门，透过锈迹斑斑的铁门看院子里的情形。

　　似乎是在不知不觉间，院子里的木材越来越少了。首先是木材堆积而成的小山渐渐矮了下去，然后是木材堆里的木材变得越来越细小，最后木材堆彻底地消失了。取而代之的是越来越茂盛的杂草。大约是昔日的那些锯末经过长时间腐化之后变成了肥料，杂草一直长势良好，宽阔的院子因此总是郁郁葱葱的。不久之后，那栋五层高楼和平房便一同被夷为平地，一栋新楼随即拔地而起。

　　新楼面街而建，也镶着玻璃，但不是茶色的。临街的楼上是一家茶馆，名字很好听，叫四合院。不止一次地听人说，那是本城最好的几家茶馆之一，我至今没有光顾过，也不知道是否名副其实。

北城街记

◇

北城街就是北门上。一个"北"字，首先指明的是实实在在的地理方位，一个"上"字，说的是街道所处的地势（比其他三条街略高）。与之对应的是正西街、大南街、东城街。四条街道，向四个方向规律地张开，仿如一个大写的"十"字。就是"开发区"出现之前，旧县城在西进桥以下部分的大体构成，看似互不相关，实则也缺一不可，密不可分。人们习惯把北城街称为北门上，还隐含着它的具体所指，即是旧县城十字街口往北的一整条长街，及其所属的一切，依次包括井阁商场、土产公司、县委大院、电影院、中医院……当然还有熙来攘往的人流，不时站在街边旁若无人地大小便的鸡鸭牛羊，路旁积满灰尘的行道树，路上疾驰而过的小轿车、大货车、拖拉机、三轮车、自行车和偶尔可见的平板车……如果把目光放远一些，还可见到依附在街尽头不远处的村庄，每到吃饭时间，村庄上空就炊烟袅绕。村庄间的空隙，则是大片大片的稻田。三月里，满稻田开着金黄的油菜花，阳光照下来，金灿灿的，耀眼得让人想要流泪；到了秋天，就是满眼低垂的稻谷了，黄澄澄的，仿佛是在举行一场盛大的祈祷仪式，祈祷上苍让多事的秋风刮得轻些，再轻些。

1982年，大年初一这天，阳光明媚得有些炫目。一大早，我便跟在父亲身后，从溪头沟出发了。年前，父亲托他在县城里的一个朋友为我们买好了电影票，作为送给我的新年礼物。父亲把这件事情严严实实地保守着，直到走到北门上，在电影院门口拥挤的人潮中找到他的朋友，拿到电影票时，父亲才终于将秘密揭开。更早些时候，我刚刚度过了自己九岁的生日——对于一个即将第一次走进电影院的年仅九岁的农村孩子，那感觉，自然是既好奇又兴奋的。

初春，阳光直照在电影院高高的外墙上，然后拐了弯，照得四下金碧辉煌。电影院门口的小树显然是刚刚栽种不久的，枝头上还来不及发出新芽，树根旁的新土在阳光持续的照耀下呈现出一丝淡淡的灰白色，脚尖轻触一下，就露出深部新鲜湿润的新土。小树都种在围墙根和围墙外的路旁，围墙上是刚刚粉刷的淡黄色油漆，墙体尚未完全风干，大约还有沾染了晨露的缘故。墙脚的部分湿漉漉的，淡黄的油漆因此更加淡了下去，隐约可见内部的水泥墙面。

电影是连场放映的。上一场还没完，看下一场的人已经早早地聚集到了电影院门口。电影院之外，人越积越多，就连空气都显出一种非同寻常的灼热来了。电影终于完场，父亲牵着我从黑乎乎的放映厅里走出来时，太阳似乎更烈了。我昏昏沉沉地走着，过门口的梯坎时猛地打了个趔趄，幸好有父亲拽着，我才跟跄了几步站定，避免了在汹涌的人潮中猝然倒地的尴尬。

跟着父亲往回走。在街心的十字街口，父亲停了下来，望着街边的电线杆。电线杆上挂着一块黑板，黑板上写着当天影院放映的电影名和放映时间。父亲指着上面的字，要我读出来。我抓耳挠腮看了半天，怎么也读不出那几个歪歪扭扭的汉字准确的发音。那时候我还不过是个小学三年级的学生，很多字，即便是一笔一画地写来我都不能相认，更何况黑板上那几个天书一样的潦草字呢？父亲也不恼，弯下腰来，把嘴凑到我耳边，一个字一个字地念给我听，末了又问："知道了不？"我点点头，可刚一转过身，就把它们抛到了脑后。

有一点却牢记下来了：那以后每次路过十字街口，总忘不了抬眼看看电线杆上的黑板。有时候恰好遇上电影即将开场，放映的还是从没看过的电影，就顺路拐到北门上，直接奔赴电影院去了；更多的时候，黑板上写出的是不久前就放映过的电影名，我便只得悻悻地转身离开，或者拐向大南街上的菜市场，找早些时候赶来卖菜的溪头沟人，等他们卖完背篼里的菜蔬，一起相伴回家。

电线杆上的黑板一直是同样大小，似乎从来就没更换过。黑板的底色起初是黝黑黝黑的，上面的白色粉笔字清楚而惹眼，但在不知不觉间，那黝黑就渐渐地变浅变淡了，让人隐隐担心，有一天也会变成粉笔字一样的白。也不知从什么时候起，黑板的边角开始出现磨损的迹象，露出毛茸茸的木质。

电影院悬挂黑板的电线杆矗立在街口西侧与正西街相交的街面上。杆子后是一溜的水泥台阶。移步而上，进去便是井阁商场。一栋四层楼房，外墙被涂成了淡黄色。商场的名字就贴在楼房最靠街角的外墙上，四个字呈竖形排列，表面涂了红色油漆，在外墙淡黄色的背景里，特别的显眼。字是狂放的草书，不知出自谁人之手，眼力欠佳的人，误读几乎是不可避免的。我能在书本上认得"井阁商场"几个字的时候，就将其认作"林园商场"，惹得近旁的同伴笑话了我很长时间，明白之后再看，依然觉得似是而非的。据说，有个北门上的小伙子外出了几年，有一年回县城过春节，未和他同行的女友随后也赶了过来，女友在大南街的公共汽车站下了车，然后按照男友的提示走到了十字街口，却怎么也找不到男友说的"井阁商场"，那时候手机还未普及，无法联系到自己的男友，女孩就沿着十字街口四处寻找，依然不见男友所说的"井阁商场"，女孩有些疑心，却不相信男友会欺骗自己，索性坐在商场外的台阶上傻傻地等，就在她等得快要哭出来的时候，却看见男友踱着方步出现在街口，女孩冲上前去吊住他，立时哭成了个泪人。

井阁商场的底层是宽阔的大厅，密密麻麻的木架和玻璃柜子里摆满了各种百货，无非是文具、衣物、床上用品之类，以上的楼层我没有去过，不知是干什么用的。街对面是土产公司，沿街的一面柜台专卖锅盘碗盏，往里走是一溜的电器柜台。早年可卖的电器有限，也就是电风扇、收录机、收音机、自行车，后来渐渐有了电视机、DVD、电冰箱之类的高档货，柜台前一直看客众多，却极少见下手买的。井阁商场和土产公司之间的街面算得上宽阔，街两边都立着铁架子，顶上盖了遮雨篷，一家一家的铁架子上挂满了布匹。布是粗布，颜色也是单纯的青、白、蓝、绿，后来渐渐就可见到各种花色各种面料的布匹摆放出来。每每路过，总能看见三三两两的顾客手撩布料，摸摸闻闻，双眼看看布料又看看摊主，口里不停地和他们就价格进行深入浅出的交锋，偶尔有车辆进出，喇叭摁得山响，却总是寸步难行。

自打父亲允许我独自一人上街的时候起，我所有的学习用具几乎都买自井阁商场。每一次上街，除了偶尔买一件两件衣物，井阁商场的文具柜台总是必须去的。井阁商场的文具柜台在靠近正西街的角上，沿街边的台阶而上，跨进商场就可见到。卖文具的是一位鬈发女性，看不出具体的年岁，我每次走近柜台，她总是跟着就站起身，我往前走她就往前走，我后退她跟着后退，等我终于选定了想要的东西，将指尖抵在玻璃柜上，她便弯腰推开柜子滑动的玻璃门，问我要几样，同时告诉我总共的价钱，然后拿起我放在柜台上的钱，抓起抽屉里的零钱找给我。印象里，她的话很少，做事却很流畅，想来她是把精力都用在了眼前的事情上，所以才那么专注，那么少言寡语吧。

上中学以后的一个周末，父亲带我去北城街一位叔叔家里串门，也不知道和叔叔谈了什么事情，反正从叔叔家出来，父亲就一直很高兴。返身经过十字街口时，也不管我是否同意，拉着我就去了卖布匹的铁架子前，甚至没问过摊主具体的价格，就选定了一块浅褐色的布料，表面是密密实实的条状纹路。随后又拽着我，去正西街上一家裁缝店，让裁缝师傅拿着软尺比我的腿长，量我的腰围和臀围，为我缝制了一条裤子。那是我唯一一次光顾布匹摊点。裤子缝好以后，穿着倒是挺合身的，可没过多久，膝盖和胯下缝线的地方就滑了丝，母亲费了很大的劲才补好。有一天我穿着它去上学，上课的时候，老师抽我上讲台上板书一道几何题的解法和答案，我刚一走上讲台，课堂上的同学们就哄笑了起来。因为裤子的臀部不知什么时候破了个拳头大的洞，一起身，就露出里层的花内裤和我并不健美的臀。我满脸通红地回到座位，一直坐到同学们一个个都放学离开了教室，我还埋着头，枯坐在那里，久久不敢起身。直到今天，走在街上，我仍不时会摸一下自己的臀部，总担心中学时发生过的一幕再次上演。

土产公司也是一栋楼房，临街的部分同样是四层楼，后面部分自前往后，分别是三层、两层。打东城街上走过的时候你看到的便是四层高楼，可一走进北门街口，楼房梯步一样的错落便尽收眼底。

1994年秋天，我从学校毕业分配到县中医院工作的时候，土产公司的电器柜台还在，摆出的商品无论种类和样式，都比以前增加了不少，走到柜台前的人再不是单纯的看客，而是看着哪样合适，比画之后掏了腰包，搬起来就走。后来有一天，我也禁不住走近了电器柜台。因为每天除了上班，空闲的时间实在无聊，我想买一部收录机。我选了半天，老板都有些不耐烦了，才终于选定一款燕舞牌双卡收录机，价格是280元，恰好是我整整一个月的工资。老板认出我是刚到县中医院上班的医生，在我的央求下，很勉强地配送了两盒磁带，一盒是王杰的专辑，一盒是郑智化的新歌。我把收录机放在宿舍床头，每天下班回去就打开，一遍遍地聆听。我是个五音不全的人，但那些歌曲被反反复复播放之后，我慢慢就记下了其中的一些歌词，慢慢地也能哼上两句了：

"是否我真的一无所有？明天的我，又要到哪里停泊？"这是王杰的《是否我真的一无所有》；

"如果想哭，就痛声哭，我的衣衫就是你的泪巾；如果你累了，如果走不动，我会陪你走过一生一世……"这也是王杰的，歌名叫《手足情深》；

"寻寻觅觅寻不到活着的证据，都市的柏油路太硬，不知道珍惜，那一片被文明糟蹋过的海洋和天地，只有远离人群才能找回我自己……"这是郑智化的《水手》。

那部双卡收录机我一直使用到结婚，那个喜欢我的女孩不喜欢我老是聆听和哼唱那些忧伤的曲子，女孩说听我唱歌像在哭。我于是将王杰和郑智化统统锁进了抽屉。结婚以后，我就搬离了原来的宿舍，搬走了我所有的书籍、换洗的衣物和被褥，唯独把那部收录机留了下来，不知道后来入住的同事是否用上，或者把它当作垃圾扔掉了。

也是奇怪的事，卖布匹的摊点摆到井阁商场门口就猛然收了尾，因此你往北门上去，过完街口不长的梗阻部分，眼前便一下开阔起来。街道两边是清一色的木头瓦房，一律一楼一底，站在街上，抬眼便可望见街尾的中医院门诊大楼。木头房子里有一家卖土制砂锅和土罐的店铺、一家农行营业所、两家小卖部、两家服装店、两家台球室、三家理发店、四家小餐馆，其余皆为住户的人家。吃饭时间，便可看见家家临街门口、窗下摆放的餐桌，闻见一阵阵直扑鼻腔的香气，勾得你馋涎直冒。有小孩端了碗坐在门槛上，一边扒碗里的饭，一边张着好奇的双眼，眼巴巴地打量街上过往的各色人流和车辆。饭后，他们就会端了小凳子和书桌，面朝街面或者家门，做作业、温习功课，这时候的他们，头也不抬，专心致志，与吃饭时完全判若两样。

街道中段靠近街尾的地方是一个大院。沿街竖了围栏，围栏起先是砖砌的，如果不走进大门，必须得跳起来，探着身子才能晃眼看到院子里的情形，围栏后来改成了钢筋，一根挨一根并排竖立着，顶端尖溜溜的，恍若一列排列整齐的剑阵，却从来没见有人被刺到过。大院往里，耸立着一栋五层高楼，很多年里，高楼都刷着粉白的外墙，后来改装上了茶色的玻璃。因为隔着一块宽阔的院坝，尽管有五层楼，却也显出矮小和僻静来，打院子外的街面上经过，你几乎注意不到大楼的存在。大楼前种了两棵水杉树，院子上下两侧还砌了花台，种了些四季常绿的树木和花草，早前的很多年里，院子里除此便很难见到其他的物件，整个院子显得空荡荡的。到现在，除了两棵水杉树的一边，院子里靠边的地方都停满了车辆，车子新旧不一，但都洗得干干净净的，油光发亮，细看车型，一多半以上都是外国货。

院子的大门口横着红白相间的杆子，靠右侧的院子里有一个低矮的门洞，一有车辆出入，门洞里的人就飞也似的跑出来，将横杆抬起。很多年里，门洞里住的是一位老头，打街边经过的时候，总见他端着一口白色的茶盅在院子里慢慢悠悠地走动，不时呷一口杯中的茶。不知什么时候，门洞里的人就换成了几个年轻力壮的小伙，身着浅灰色的保安制服，头戴大檐帽，腰间的皮带勒得紧紧的，依然包不住越鼓越高的肚皮。

听上了年纪的人说，院子里那两棵水杉树是二十世纪八十年代的某个春天栽下的，时间算不得久远，却足以让两棵水杉长成枝繁叶茂的大树，眼看着就要高过大楼了。可就在不久前，大楼新换了主人，觉得两棵树太碍眼，不由分说命人砍掉了。人们十分不解，不明白好端端的两棵树，它们立在院子里，怎么就碍眼了呢？传说因此而起。其中有一种很玄乎的说法，说是两棵树之所以被砍掉，是因为新主人的名字里有个"林"字，而门前的两棵树，"双木成林"，无意中冲了主人的喜气。不知是听到了外面的传说，还是觉得有必要对自己的决定给出一个合理的解释，新主人后来说，之所以决定要砍，是因为两棵树是落叶水杉，总是不停地落下很多针头样的叶子，很不便于打扫。人们将信将疑地听着，觉得似乎也不无道理，渐渐也就淡忘了水杉树被砍的事。只是，没有了水杉树，那院子就更加地显出空荡来了。

但凡熟悉北城街的人都知道，我以上说的是县委大院。贵为县委大院，却选定这样一个僻静之所，如是不熟悉的人要到县委大院办事，必得费些周章才能顺利找到。

到街尾的县中医院工作以后，我有几次进到大院，到里面办公楼里办事。在我有限的目力里，楼里的布置和陈设，和一般的办公楼没有什么大不同。但仔细比较起来，大楼还是有两个地方给我留下了深刻的印象：一是楼房里的卫生间。它的位置在最靠左侧的边角上，找寻起来很不方便，对于在另一头办公的人来说，解个手必须得穿过整条走廊，有悖于越来越受重视的人性化要求。还有洗手池上的水龙头，居然还是手动的，不管是谁，洗手前后都得先伸手掰动开关，这样一来，洗手便很有些自欺欺人，毫无意义了。二是楼房里的开水。我每次去，接待的人总是热情地泡茶，开水往杯子里一冲，不用多长时间，茶就泡成了。我打开杯子准备喝的时候，还热气腾腾的，而杯中的水呢，早已是绿莹莹的，茶香四溢了。可见那水是真资格的开水，一点也不假的。

过县委大院往上，是一个小小的斜坡。斜坡之上，左侧是中医院大门，与右侧的电影院正好对着。

中医院差不多是和电影院同时建成使用的，但在1982年及其以后很长一段岁月，电影院对我有着更大的吸引力。我第一次踏进中医院的大门，已经是1994年秋天的事了。那一年的七月，我从学校毕业，等待着分配工作，其间很偶然地从一位之前分配到中医院工作的师兄那里得知，中医院准备新进一批医护人员，我打算去应聘。去的头一天晚上，我借住在那位师兄那。第二天早上六点刚过，师兄就叫我起了床，说是大先生已经上班了，如果迟些去，他就没时间接待我。我起先不认得大先生，但师兄说，这时候就他一个人上班，他有一脸的络腮胡子，你看了就知道了。果不其然，当我急匆匆赶到医院的时候，一个身着白大褂满脸络腮胡子的人，早已在病房里穿梭了。我走到他跟前，说我是刚毕业的医学生。大先生那时候正在为病人换药，猛一下抬起头看我，"啊"了一声，似乎是有些惊奇。我说，我听说医院里准备进人，我是学医士专业（后来改叫了社区医学）的，我希望成为中医院的一员，我相信我能干好。这些话，我是事先想好了要说的，我还准备了更多的话，可大先生一直不停地在病房间走来走去，不停地做着手里的活儿，并没有一点要停下来的意思，我于是没再说下去。跟着大先生进出了几个病房，大先生这才有空顾及我，转身对我说："我晓得了，你回去吧。"我回家想了两天，越想，越觉得大先生的话太过模棱两可。于是第二次去找大先生，也是在早上六点刚过，也是在病房里，但这次，我刚一出现，大先生便报出了我和我父亲的名字，得到我的确认之后，又说："我们是要进人，你回去等消息吧。"我那时自然不知道，早在我去之前，大先生已将我们一同毕业的八个医学生的档案全过了一遍，自然地知道了我的家乡和家人。在我的档案里，大先生还看到了我的照片和手写的自我鉴定，大先生说我"写得一手好字"，又说，"这娃儿一看就是有劲的，骨科医生就需要有劲。"我去找到大先生，不过是给了他一个直观的印象，让大先生进一步认可自己的决定而已。

大先生姓陈，全名陈怀炯，时任县中医院院长。大先生是医院里的同事们对他的尊称。我第二次见他以后，就一心等着我希冀的结果出现，七月末完，便接到通知，要我去中医院报到上班了。

而此时，十多年过去，电影院的高楼和围墙还在，但墙脚的淡黄色油漆是再看不到一丝痕迹了，整个围墙也裸露出深层的水泥砂石。电影院门前的那些小树不见了，我最初看到时，曾想象过它们长成后的样子，一定是高大伟岸，遮天蔽日的，但现在它们已不知所踪。门口的售票窗口也还在，但门洞紧闭着，再没见有人打开过，大门前汹涌的人潮，便也只能是记忆里的风景了。

又过了不久，电影院的围墙也被拆除，电影院入口的大门被一溜新盖的房子堵上，只留着侧面的出口供人进出。新盖的房子都不高，屋檐紧贴着电影院斑驳的外墙，但新旧之别，一眼就能分辨出来。房子一律被隔成了一小间一小间的店铺，开起了餐馆，或者卖些日用百货，因为有对面中医院的存在，店铺的生意一直很红火。中医院的骨科一直远近闻名，病员绝大部分是南来北往的伤者，一个病员至少有一个家属，实际出入的人数也就成倍地多了。有一些眼尖的蔬菜贩子也瞅准了这里的商机，沿街支起了摊点，生意是同样的火爆。渐渐地，更多的摊点摆了起来，所贩的除了各种菜蔬，还有鸡鸭鱼肉，但凡日常生活必需的，住在中医院里的人一出大门即可买到。无声无息间，一个自发的农贸市场，便在中医院与电影院之间的街上形成了。有关部门曾出面整顿过几次，没收到一点实质性的效果，后来也就只好听之任之了。

忽然有一天，电影院门前也人声鼎沸起来。走近了看，才晓得人声是从门口停着的几辆车上发出的，车身上贴着花花绿绿的广告画，画面上的女郎个个年轻貌美，衣着暴露。车上架了喇叭，大白天里，县城的街道总能听见喇叭里发出的吆喝声。黄昏一来，好奇的人们被画面上的女郎吸引，按着喇叭吆喝的时间去了电影院，一度使得沉寂已久的电影院挤满了人。人们看到，舞台上站立的确是广告画上的女郎，衣着却是更加地少了，该露的地方露出来了，不该露的地方也露出来了。大堂的灯一灭，舞台上的灯开始闪烁，女郎们轮番上场，舞、唱、跳、打，花样翻新，眼花缭乱。也不知是谁出的主意，压轴的女郎刚一上台，便有几个好事的年轻人一哄而上，抢了女郎手里的话筒，撕了女郎身上仅有的两条布带，女郎顿时只有惊声尖叫的分儿，人头攒动的电影院于是炸开了锅，火爆的演出不得不草草收场。此后又不时有演出队到来，演出的内容大同小异，但观众却总是寥寥无几。

医院门口的菜市兴盛起来之后，我偶尔也光顾一次，买的无非是一些简单的蔬菜或者现成的凉拌小菜，只要是可快速打发一日三餐的，都在我喜欢之列。

我通常是傍晚下班后去的。这时候，喧闹了一天的菜市已少有顾客，摊主无不懒洋洋地端坐在摊点前，一边和邻近的摊主开些荤素夹杂的玩笑，一边清点眼前零零散散的钞票。对于自己一天的收入，他们似乎很满足，对我这样一个年轻小伙的到来自然提不起兴趣。有位大姐却分外热情，一见有人来，她便从菜堆后的小凳上站起身，伸手清理眼前的菜堆。经过差不多整整一个白天，所有的菜堆都已经很小，余下的菜也都呈现出一副软塌塌的疲态。她不大爱说话，可每次她一起身，我的脚步就紧跟着移到了她的摊点前，选菜，过秤，付钱，找零。她的体型有些肥胖，脸上挂着两块几乎对称的酡红，像长期强紫外线照射后留下的高原红，呼吸很重，仿佛再稍稍动一下就要接不上气的样子。

有时候，胖大姐身边坐着一个小女孩，扎着长长的辫子，用标准的普通话朗读课本上的课文。胖大姐坐在一旁，双眼微闭，身子轻轻地摇着，很沉醉的样子。见到我去，女孩便伸手扯胖大姐的衣服："妈妈，有人买菜。"胖大姐猛一下睁开眼，不好意思地笑笑。

有时候我去得迟些，就看到一个瘦小的中年男人停了人力三轮车，往车上搬运摊点上的东西，胖大姐伸出手要帮忙，但被中年男人呵斥住了。摊点上的东西本已所剩不多，中年男人三两下就搬完了。中年男人啪啪地拍打人力三轮车座位上空出的地方，等胖大姐坐上去，又看着小女孩坐进胖大姐的怀里，这才蹬着三轮车，吹着口哨，慢慢悠悠地走了。三轮车驶出了很远，还依稀听得见中年男人响亮的口哨声。

许久后的一天下午，我在医院门诊部看到了中年男人。他背着一个体型与胖大姐近似的女人，大喊着"让一下，让一下"，咚咚咚地冲到诊断室，惊天动地的呻吟声从中年男人背上的女人嘴里传出来。人们不明白女人为何呻吟，纷纷围着中年男人和他背着的女人。

中年男人将背上的女人放在凳子上，要我给看看。中年男人说他蹬车经过十字街口的时候，女人在他身后不远处突然倒地，说是被他的三轮车给撞到，站不起身来了。

女人闻之，即刻停止了哎哟哎哟的呻吟声，转而号啕大哭起来。女人一边哭着，一边伸手抱住自己的左腿，大声地质问中年男人："不是你撞到的，那，那我是遇到鬼了啊?!"

中年男人擦了擦额头上的汗水，苦笑着："我们找医生看，找医生看，看了就知道了。"

女人于是将腿放在地上，继续大放着悲声。

女人的家属们闻讯，很快赶到了诊断室里。女人的家属就是她的老公、儿子和一对女儿。看到中年男人，女人的儿子立刻握紧了拳头，却被女人的老公注意到了，女人的老公显然有些不高兴："干吗要打人？打伤了你出钱给人家医么？"女人的儿子恶狠狠地瞪着中年男人，极不情愿地松开了自己的手。

我按着女人所指的部位，仔细检查了她的左腿，没发现哪里有被撞伤的迹象。可女人说，她真的很痛，说着就抱起了右腿。我索性叫女人在检查床上躺下，从头到脚，又仔仔细细地检查了一遍，仍然没有发现一丝可疑的痕迹。

女人的老公在一旁面无表情地看着。末了他说："没问题是最好的。但为了保险起见，我看还是照个片子看看。"

中年男人没表示异议。面对眼下的情形，他似乎也只有接受的分儿。

一个月以后的一天，还是女人的老公、儿子和一对女儿，他们找到中年男人，要就女人的事情来一个彻底的了结。一个月前女人拍了片子，未见异常。但女人说她腿痛，站不起身来。女人的老公于是要求住院观察几天。中年男人有些不解，仍只得勉强答应了下来。此后每天，中年男人都跑来医院，将女人背到换药室，等女人换了药，又背回病房里去。

最先是在女人入住的病房里，女人的家属们就女人的后续治疗问题要中年男人给个说法。中年男人说如果需要，继续医治就是了。女人的家属们说那不行，都医了一个月了，她还是这个样子，她以后咋办？中年男人说，那你们说咋办？女人的家属们于是嘀咕了半天，提出了一个数目，中年男人一下就暴跳起来，逃跑似的离开了病房。

女人的家属们在医院大门口围堵住中年男人的时候，胖大姐也赶来了。胖大姐知道丈夫开三轮车出了事，但没想到事情会这么复杂。丈夫今天出门的时候喝了酒，她担心丈夫会干出出格的事情来。十多年前，丈夫就是因为喝了酒，与人发生口角，举起酒瓶砸破了人家的头被送进去关了几年的。胖大姐生怕自己的丈夫再次被送进去，因此丈夫一出门，她便跟了出来。

在越聚越多的人群中，胖大姐死死地吊着丈夫的臂腕，恍若抓着的是一根救命的稻草。女人的家属们唾沫横飞，丈夫叫了几次要她放开，她大口大口地喘着气，说什么也不肯松手。

中年男人的变化是突然的。女人的家属们一直气势汹汹，不达目的不罢休的样子，中年男人轻轻地抽出被胖大姐紧抱的手臂，在胖大姐的肩上轻轻地拍了几下，意思是要胖大姐放心。然后就近选了个台阶，顺势坐了下去，又掏出一根烟来点上，大口大口地抽了起来。女人的家属们见势，就更加肆无忌惮了，他们纷纷指着中年男人，大声向围观的人们诉说着自家的不幸遭遇。这时候，中年男人手里的烟卷终于抽完了，他扔掉烟头，突然从台阶上蹦了起来。人们没想到中年男人会蹦起来，喧闹的人群一下变得鸦雀无声。

中年男人指了指女人的家属们，一字一句地说道："事情的经过是咋样的，咱就不说了。要钱，我没有，要有，我也得给老婆看病！"中年男人吐了一口唾沫，又说："告诉你们，老子就是个流氓，老子的老婆是个文盲！不讲道理，随便你们要做啥子！要命，老子有一条……"

中年男人说完，拍了拍身上的灰尘，拉起胖大姐的手，转过身，头也不回地走了。

沿着中年男人和胖大姐离开的方向，人群无声地让开一条道，中年男人牵着胖大姐，一步一步地向前走着，人们静静地目送着他们的背影，像目送两位凯旋的英雄。

　　站在人群里，我只感觉像是刚刚参与完成了一场久违的仪式，开始和结束，都叫我始料未及。

长满荒草的院落

文化馆是正西街乃至整个县城中一个特别的存在。整体来看，它其实是一座不规则的四合院。面街的一面是一栋二层高的门楼，楼上被隔成了一间间房屋，一楼即是进出文化馆的大门。门洞里装了扇双对开的高大铁门，门前种了一排桂花树。桂花树起先都是矮矮小小的幼苗，栽下之后就没挪过窝，一天天长到现在，早已高过门洞了，站在树下或者门洞里仰望，满眼都是绿油油的叶片，怎么也望不到梢顶。任何时候打正西街路过，你可能注意不到树荫掩盖下的文化馆大门，但那一排桂花树是必然映入眼帘的。八月里，桂花挂满了枝头，满街都是馥郁的花香，即便是个匆匆的路人，也是未见花影先闻其香。据说，文化馆的所在曾是一块小山包。推开门，穿过门洞，你会踩上一块不大的坝子，地面是一尺见方的花岗岩铺成的，因为年成日久，花岗岩表面油光发亮，走在石板上，隐约可以看见自己歪歪扭扭的身影。坝子后是一列长长的石梯，站在坝子里，抬眼就能看见石梯尽头一字排开的六根柱子，柱子上涂了红色油漆，那是文化馆的主楼。拾梯而上，恍惚间想起此地还是个小土包时的情形，但任你怎么想，脑海中也呈现不出它本来的样子，等到你抬起头来，看着高处的文化馆主楼时，你就会再次确信，这里的确曾经是个小土包。说是主楼，其实也就是一个小型的室内剧场而已，但剧场的演出并不是天天有，在电影刚刚风行起来的年月，剧场被理所当然地当成了放映厅。一切都是现成的，舞台的墙上挂了白色幕布，最靠外的墙壁上凿开几个小洞，架上放映机，便是一间放映厅。石梯两边是文化馆的阁楼，分别有走廊通向门楼上的房间。阁楼和走廊都是清一色的木板镶成的，踩上去，脚下发出一阵阵哄咚哄咚的木质声响，清脆而低沉。剧场右侧，靠近阁楼走廊的地方种着一棵苦柚子树，年年挂满黄澄澄的柚子。苦柚树下凿了一眼椭圆形的水池，水池里的水据说是专门为了灭火准备的，自打筑成的那一天起，池里的水就满满当当的，即便是酷暑寒冬，也从没见消涨过，但它却从没派上过用场。剧场左侧是一排砖混结构的房子，那是文化馆的职工宿舍。1991年，罗向冰还是个青涩的乡村青年，他打着背包从新场范家山来到县城时，文化馆门口的桂花开得正盛，当他闻着满街的花香跨进大门的时候，一眼就瞅见了院子里的那棵苦柚子树。罗向冰的背包里除了几件简单的衣物，还有一摞版画作品，其中一幅画的是一块木板，中央裂开了一道幽深的口子，罗向冰给画稿取了个特别的题目——《内伤》，看到的人，无不赞不绝口。罗向冰之所以能从几十公里外的范家山来到文化馆，就是因为他背包里的画稿。最先听说罗向冰的时候，很多人怎么也不相信一个偏僻乡野的小青年还会搞版画创作，后来有幸看到《内伤》

的人们纷纷打消了自己的疑心，继而觉得，罗向冰不应该一直窝在范家山，应该有更好的舞台施展他的版画创作才华。于是罗向冰得以从遥远的范家山来到县城，成了文化馆的一名临时工。罗向冰那时候的住处，就在剧场左侧那排房子里最靠里的一间。从到来的那一天起，直到后来离开，他一直住在那里。在文化馆，罗向冰所做的工作，就是打扫剧场和院子里的卫生。没事的时候，就受命背起背篼，从外面背土回来，在院子里和阁楼上种花种草。这倒是罗向冰以前常干的活儿，但却不是他希望永远干下去的。在范家山，他就天天与土地打交道，没想到了文化馆，还得天天与泥土打交道。两年之后，终于厌烦了的罗向冰毅然决然地背起背包，跨出了文化馆大门。那时候，南方就是梦想和希望的代名词，磁石一般吸引着罗向冰。他去了。不久之后，"罗向冰"三个字开始频繁地出现在《读者》《小说选刊》《中国文学》（法文版）等各大期刊和报纸上，相对应的是一幅幅醒目的黑白版画；又过了不久，"罗向冰"三个字同时出现在三本杂志的扉页，名字前缀的说明和名字一样是醒目的黑体字：主编。也就是在南方吸引着一个又一个心怀梦想的人只身前往的同时，内陆紧闭已久的大门随之洞开，来自南方甚至更远地方的新鲜事物决堤一般灌进内陆广袤的土地，种子一样很快落地生根。录像就是在那个时候风行起来的。文化馆门楼右侧开了若干年的老相馆也没能扛住这股大潮的诱惑和冲击，换了招牌，成了一家录像厅。很长时间里，打正西街经过，老远就能听见文化馆门楼里传出的呻吟声、枪战声或武打声。去文化馆的人，大多直接就去了门口的录像厅，很少有径直进到院子里去的。文化馆作为电影院使用的时候，我还是个懵懵懂懂的孩童，等我长到可以看电影时，北城街的电影院已经落成，文化馆的作用不再了。但我还是有至少三次去到文化馆的大门里。一次是上中学的时候，和几个同学一起，在门口的录像厅看录像，中途尿急，到文化馆里的厕所去小解，那时候我还不知道罗向冰，那一刻我也只想着小解，除了厕所里嗡嗡翻飞的蚊蝇和浓烈刺鼻的氨气味，文化馆再没给我留下什么印象了。一次是工作以后，参加县里的歌咏比赛，单位组织了合唱团，我作为其中的一员，直接站到了剧场的舞台上，看着舞台下黑压压的人群，跟着其他成员一起放声高歌。就在我们全神贯注地唱着的时候，观众席传来阵阵嘻嘻哈哈的笑声，有几个人举着手臂，手指远远地戳向我站立的位置，我同时听到有人发现新大陆似的兴高采烈地说话声："在那里呢，李存刚!"最近的一次是在2013年夏天。这时候，文化馆已经另址修建，这里只能算作它的旧址了。院坝里的石板和石梯还在，院坝中央长了两株米麻，繁茂的枝叶几乎盖住了整个院坝，石梯的缝隙间长满了绿油油的杂草，将石梯完全遮盖住了，不知道的人，定会误以为那里就是一个小土坡。几只蝴蝶迎着阳光，在草叶间翩翩飞舞着，无声而又忘情。剧场和门前六根柱子还在，只是柱身上的油漆已经脱落，呈现出灰白的底色，只有底座上还残留着一圈暗淡而斑驳的红。剧场朝外的墙上，赫然写着几个大字：拆、危、拆。三个大字分别是鲜艳的红、黑、红，但凡进到门里去的人，抬眼就能看见。大厅里的座椅已不知所踪，同去的朋友说是被拆了。大厅里，满地都是掉落的天花板和碎裂的瓦片，炙热的阳光从房顶的瓦隙间投射下来，耀眼得让人眩晕。同行的朋友是文化部门的干部，罗向冰的故事就是我们站在荒草疯长的院坝里时，朋友讲给我听的。但朋友更关注老文化馆的安全问题，自打文化馆另址修建以后，这里的阁楼就成了流浪汉、瘾君子和少数青年男女的天堂。朋友说，此前，文化馆的房子尽管老旧，但一直没出现过明显的安全隐患，可"5·12"之后又是"4·20"，文化馆的房子没能抗住两次大地震，不久将彻底拆除。剧场右侧的那棵苦柚子也还在。已是夏天，苦柚树枝头挂满了新生的茂盛的叶片，枝叶间竟然还挂着两颗去年的柚子，黄彤彤的，不停随风摇摆着，似乎随时都可能轰然坠落。苦柚树下的蓄水池，内壁爬满了绿油油的青苔，水池里的水依然是满满当当的，水面映着苦柚树清晰的倒影，把手伸入水中，指尖旋即传来飕飕凉意，平静的水面荡起一圈圈波纹，苦柚树的倒影随之成了迷迷糊糊的一片，定睛细看，树上那两颗柚子的影子此刻再也见不到了。

八月之光

我正俯身向前走着，父亲低沉的声音气喘吁吁地从身后传来："到都到了，你慌什么慌？"我站在原地，弓下腰，扭头看着父亲。父亲微恼的、胡须拉杂的脸上挂满了汗水，滴滴答答，不住地往下掉。尽管我穿了新买的"回力鞋"，尽管不过上午八九点钟光景，但太阳已早早地翻过县城东面的落溪山顶，直直地照耀着城厢粮站门口的斜坡。斜坡是干巴巴的水泥铺就的，经过连续几天烈日的暴晒，散发出熊熊的热力，感觉像赤足踩在火盆上。我背过双手，扶住腰间的麻布口袋，直了一下腰，双肩顷刻间如释重负，可手一松，沉重的酸痛再次裹满了双肩。我其实一点也不慌，只是看着近在眼前的城厢粮站，心里无法抑制地有一点小小的激动。父亲说我慌，想来是嫌我走得太快，父亲说过好多次，路是一步步走的，慢是一程，快也是一程，不必要急的，可是我有什么办法呢？走了那么远的路，双肩那么沉，加上即将大功告成的喜悦，我想不加快脚步都不行啊。但是，我没有反驳父亲。父亲的背上也背着帆布口袋，而且装的比我多了一倍还不止，鼓鼓囊囊地压在背上，走平路时还没什么，遇到上坡，父亲微驼的腰身便不得不更深地弯下去。见我停下脚步，父亲笑了起来，我的小心思，他似乎早已洞穿。一年前，我初三，因为父亲管理的茶园经营遇上了麻烦，我几乎放弃了中考，后来勉强参加了考试，结果可想而知。新学期一开学，父亲便偷偷跑去学校找老师替我报了名，要我去复读。父亲把一切都安排好了要我去复读的时候，我没答应也没反对，父亲笑着对我说："去吧，我知道你不甘心，我更不甘心啊……"几天前，我从学校拿回录取通知书，交到父亲手里，像顺利完成了一件父亲布置的任务。父亲把通知书捧在手心，像捧一件珍贵的易碎品，父亲笑了，他的言语更深刻地说明了他内心的兴奋："我就知道么，我儿，不该像我，一辈子窝在溪头沟里的！"父亲还说了很多的话，其他的差不多都是喃喃自语，近乎语无伦次了……转眼就到了八月末，录取通知书上的开学时间越来越近，再不把"粮食关系"转到学校，开了学我就将无饭可吃。这就是我和父亲兴奋且急切的原因，父亲没有表现出来，不过是因为父亲习惯了把自己的情绪藏在内心。城厢粮站的院坝是平平展展的水泥地，当空的烈日下，水泥地变成了一张巨大的镜面，隐约地反射出热辣辣的光芒。我和父亲汗涔涔地走过院坝，活像多年后我在汗蒸馆滚烫的木地板上踱步。收粮大厅里空空旷旷的，没有了太阳的暴晒，热力自然减小了不少，放下帆布口袋，浑身刹那间就清清爽爽的了。收粮大厅里摆了一架磅秤和一张竹制座椅，却没有人。我和父亲背着玉米，一大早从溪头沟出发，走了那么远的山路来交粮，却找不到收粮的人。父亲将鼓鼓囊囊的帆布口袋挪到磅秤边，撩起衣服擦了擦眼角的汗水，开始以磅秤为圆心转着不规则的圈儿。一边转圈儿，一边四下里张望。收粮员在院坝角落出现的时候，父亲正转到面朝大门的方向，等父亲发现时，收粮员已经站到了帆布口袋前。"打开。"收粮员说。收粮员指向帆布口袋的手里握着手绢，却一点也不影响他伸出食指，倒是另一只手里端着的白色陶瓷茶杯，因为他身体的晃动，接连发出了几声清脆的响动，有几滴茶水沿着杯沿滴落了下来，收银员赶紧收起握手绢的手，飞快地摁住杯盖。我和父亲七手八脚地解玉米口袋上的绳结。不知道是紧张，还是绳结打得太死，我解完以后老半天，父亲还没能解开。在收粮员的注视下，父亲的手微微发起抖来，后来父亲索性低下头，大开的嘴巴不由分说地含住了绳结，双手死死地抓住帆布口袋，下颌接连甩动了几下，很快扬起脸来。父亲满脸通红地牵着帆布口袋的边，露出口袋里黄澄澄的玉米。收粮员拿眼瞅了瞅父亲，端起茶杯，呷了一口，然后探着头，朝父亲身前的玉米口袋瞄了一眼："晒一下。"收粮员说着，又一次伸出握着手绢的手指了指亮光光的水泥地面。父亲的身子一下就僵住了，他交过多次粮，却无论如何也不相信，昨晚刚刚从火炕上取下来，又连夜用手掰下的玉米粒竟然还需要晾晒。父亲想说什么，可收粮员丢下那句话就转身走开了，父亲张开嘴，面对的不过是一个摇摇晃晃的背影，只得噎在那里。我看看父亲，又看看越走越远的收粮员，也噎在那里。收粮员的身影是接近十二点时出现在磅秤边的。父亲站起身，迎着收粮员，抖抖擞擞地走上前去。父亲笑了笑，想说些什么，却在张开嘴的一刹那，听到收粮员的话："搞什么名堂？都快十二点了！"父亲浑身一怔，双腿不觉间开始颤动，险些跪倒在地。收粮员说完，又要转身离开。父亲的脚步那一刻突然变得出乎意料的迅捷。他冲到收粮员跟前，挡住收粮员的去路，哆嗦着，变戏法似的从衣兜里掏出一盒烟。收粮员离开以后，父亲便带着我，将玉米倒了出来，又一点点在院坝里摊开，中途，父亲叫我一个人守着，他要出去上个厕所，如果没猜错，那香烟应该就是在那时候买的。父亲一手捂着香烟，另一只手抓住收粮员洁白的衬衣口袋，准确无误地塞了进去。父亲的动作之果断之迅捷，让收粮员一时没回过神来。"你——"收粮员的眼睛鼓得浑圆，盯着父亲，只吐出一个字便紧闭了双唇。面无表情地回到磅秤边，收粮员指了指父亲，又指了指玉米口袋，心领神会的父亲一下明白了收粮员的意思，飞快地将重新装好的玉米口袋搬上磅秤，又飞快地跟着收粮员走进院坝边的粮食仓库。父亲从仓库出来的时候，双手拿着空帆布口袋，昂首挺胸，活像战场上凯旋的士兵。我跟着父亲走到城厢粮站大门的时候，父亲停下了脚步，仰望着天空，正午的阳光映照下来，父亲的脸上立时呈现出一种雕塑般的光彩。那是1990年8月。那一年，我16岁。2013年夏天去正西街，看过文化馆残破的院落之后，我就径直去了街口。不知什么时候，城厢粮站已改建成了住宅小区，名字响当当的，叫龙府花园。门口的斜坡倒还是多年前的水泥地面，表面的坑洼似乎更多了。我站在街口望着斜坡，满脑子都是那个八月，父亲留在城厢粮站门口的身影。这时候，一个头发花白的老人拄着拐杖从我身边经过，缓缓地、目不斜视地朝斜坡走着。老人颤颤巍巍的，上气不接下气的样子，似乎风一吹就可能随时倒掉。擦身而过的瞬间，我注视着老人长满皱纹的脸，几乎惊叫而出——老人的面容，像极了记忆中的那个收粮员，只是，他的样子比我父亲现在还要苍老——我不敢肯定，如果我真的惊叫而出，会不会把他吓着？

交通旅馆

交通旅馆是正西街乃至整个县城又一个特别的存在。以前，正西街两边都是木头房子，一家紧贴着一家，屋檐连着屋檐。沿街的屋檐槛就是街边的人行道，街窄小，木头房子更显不出丝毫的空阔和大气，文化馆、井阁商场、新华书店等处的楼房相继落成之后，就更加地衬托出这木头房子的低矮和陈腐来。隔几户人家的门前就插了电线杆，线路按着户头，连着一家家的房子。我在一篇文章中提到过井阁商场门前最靠近街心的电线杆，上面挂了一块黑板，写着电影院正在上映的电影和放映时间，相邻的电线杆上挂着一块白色小灯箱，灯箱上积满了厚厚的灰尘，即便有灯光的映照，"交通旅馆"四个红色的字体也模模糊糊的，很难辨认得清。电线杆就立在井阁商场与紧挨着的木头房屋的交界处，灯箱上描画的箭头直直地指向木头房子屋檐下的门框，门框上挂着铁门扣，镶了木制门板，木板门向里开着，从没见锁上过。站在门口的屋檐槛上，轻轻一跳就能摸到木头房子的屋檐，再稍稍用点力，就能触及电线杆上的白色小灯箱。门即是交通旅馆的入口。门内的过道穿木头房子而过，曲里拐弯地通到交通旅馆的大门，因为逼仄和视觉里光线的强弱差异，站在街面上看过去，过道是黑漆漆的，怎么也望不到头。进入新世纪之后，因县城的发展和城市建设的需要，交通旅馆临街的木头房子被拆除，进出交通旅馆的大门于是豁然开朗，交通旅馆的真实面目这才悉数呈现出来，过往正西街的人们，一扭头就能瞅见交通旅馆的大门和高高的外墙。外墙从头到脚由一色的砖块砌成，经过长时间的日晒雨淋，砖块和砖缝间的水泥灰浆显露出被风化的痕迹，颜色深浅不一，少部分是浅淡的灰白，大部分已变成淡黑色，烟熏过似的，如若不是门楣上方一抹石灰底的墙面上写着"交通旅馆"四个红色大字，定会有人误以为那是一块旧年遗留下来的碉堡。进得门去，你会惊奇地发现，远近闻名的交通旅馆竟然也是一座四合院。院子四壁皆为三层小楼，房门皆朝里开着，门前是四面环绕的走廊。院坝右侧靠外的角上有一处悬梯（在墙缝间装上钢筋，用水泥灌注成梯步，安上扶手就成了），拾梯而上，可去到任何一层的房间；左侧靠里的角上还设有一处楼梯，楼梯以院角的立柱为中心，盘曲而上，同样可直达楼顶。一座纯粹中式的四合院，却糅杂着些许西式建筑的特色，真正是中西合璧了。熟悉正西街的老辈人说，交通旅馆现在的楼房建于二十世纪八十年代，最早时期的交通旅馆也是木头房子，完全的集体所有制性质。天全地处西进甘孜藏区的要冲，西进东去的人到了天全，总是要歇上一脚，充分休整之后再继续前行。那些公干出差的，大多去了纯国营性质的政府招待所和后来兴建的二旅社，交通旅馆则是那些自掏腰包的旅客和卖劳力为生者不二的留宿之地。交通旅馆后来之所以改建成楼房，起因是一场突起的大火，那场大火让交通旅馆和周围相连成片的房屋顷刻间化成了灰烬。派出所的档案袋里，现在还存留着关于那场大火的调查记录，没有确切证据表明是谁故意纵火，也没有确切证据表明猛烈的火势最初起自哪里、怎么引起的，总之，那场代价沉重的大火就是一桩悬案，也可以说它是一场意料之外的天灾。派出所的档案袋里同时还留存着其他一些有关交通旅馆的记录，被询问者不外乎是外地流窜来天全的扒手、嫖娼被捉的乡下民工、平常以餐馆服务员为身份掩护的娼妓、身背腊肉或鸡鸭牛羊的小偷……这些人，也基本就是那个时期交通旅馆的主要客源。被捉次数多了，本性难移的他们便转移了阵地，从正西街上销声匿迹，更多的人因为残存的羞耻心和周围随时可能降临的道德攻击，少则三五月，多则一年半载，甚或一辈子都不会再出现在交通旅馆的院坝里。派出所每到交通旅馆出一次警，逮住的也基本都是新面孔，从未在档案记录里出现过的。当年办案的警察至今都说不清这到底是为什么。后来就市场经济了，首先受此冲击的是政府招待所和二旅社，政府招待所是干干脆脆地被取消，二旅社则被改了个名字，摇身一变，成了私体性质的天全宾馆，倒是交通旅馆似乎还是原来的样子，但其实质也随之由"集体"转成了"个体"。变化最大的是入住的旅客。这时候，稍稍有些经济实力的人到了天全，都去了天全宾馆或后来兴建起来的酒店。和交通旅馆相比，那些地方无疑更亮堂更显品味，也更符合旅客们有钱人的身份，但价格也是水涨船高。去那些地方入住的人倒不在意这个，他们都是些过路客，匆匆地来又匆匆地去，即便是豪掷千金，也是他们乐于为之的。而那些准备较长时间在天全立足又无经济后盾的人，好些就选择了交通旅馆，这里不够气派但价格便宜，每人每天十块，天底下打着灯笼都难找着的。房间里的一切用具尽管老旧但都是刚刚用肥皂洗过的，而且不管你住一天、一月还是一年，或者更久，都是每天一换。了解情况的、听了解情况的人介绍的、以前不了解情况住过一次后就记住了的，但凡进了天全县城，都径直来到正西街，跨进交通旅馆的大门。如此一来，交通旅馆里常住的，绝大部分都是回头客，共同在一个大门里进出，彼此见了面，都觉得相熟，后来就真的熟悉了，没事的时候，就不免三三两两搬来小凳，坐在交通旅馆的院子里或者走廊间，喝茶、抽烟、天南海北地聊天，不知道详情的看到这一幕，还以为是哪家的兄弟或者父子在开家庭会议呢。交通旅馆被越来越多的人知道以后，人们便编了一句顺口溜：吃东风，住交通。顺口溜流传很广，上了些年纪的人几乎都知道。交通即是交通旅馆的简称，而东风则是位于东大街上一家的餐馆，所卖尽是本地口味的家常吃食，全名东风食堂。两个地方相距不远，从交通旅馆出来，过旧县城十字街口，不几步就到了。我从未作为旅客进到交通旅馆，东风食堂倒是光顾过几次的，食堂上桌的食物无不满盘满碗，口味也很地道，价格却和外面相差无几。最早时期的东风食堂也是临街的木头房子，后来也改建成了楼房，但食堂的生意并没有因此变得红火，后来干脆关门歇业，从食客们的视线里消失了。与之齐名的交通旅馆却是一直坚持了下来，时间对于交通旅馆似乎是慢的，或者也可以说，是交通旅馆让时间放慢了前进的脚步，它仿佛就是一个与世隔绝的天地，正西街乃至整个县城每天都在发生着变化，而交通旅馆，除了外墙上渐渐加深的斑驳痕迹和院坝里不断变换的人面，院坝里的一切都还是老样子，入住的价格依然是多年前定下的，每天十块，不管你住多久，也不管你是本地人还是外来客，床上用品老旧是老旧了，却依旧是洗得干干净净的。交通旅馆现在的管理者（不知道是否就是老板本人或者老板家属）是一位年轻妇人，着粉红的连衣裙，身材高挑，长发披肩。我问她："你就没想过变化一下吗?"她很肯定地摇摇头，有些答非所问："不会!"我接着好奇地问："你就不担心有一天开不下去?"年轻妇人盯着我的脸看了好一会儿，似是而非地回答："谁知道呢。"她的话，也像自言自语。

政府招待所

连我自己都有些诧异，我所有关于东城街的记忆，竟然是由大海讲述的一则旧事开始的。

大海与我在同一个年份不同的乡村里出生，又在不同的时间里考取了同一所学校的同一个专业，毕业后先后分配到同一个单位上班。有一天，我们喝酒聊天，聊着聊着就说到读中学时来县城参加各种竞赛和考试的情形。两个年过四十的男人坐到一起，相互说起自己的中学时代，在回忆里慨叹时光不在的意思是再明显不过了。

我们的中学时代，准确说来就是二十世纪八十年代。那时候我们参加的各类竞赛和考试，地点多半被安排在县初级中学或者城区一小。两个地方，都离东城街不远。除了个别在县城里有亲戚的同学借此机会串门住到了亲戚家里，其他人多半选择在离初级中学和城区一小较近的东城街过夜。东城街大大小小的旅馆有好几家，我们大多选择去政府招待所。那时候，政府招待所早已经不单单为政府招待和政府工作人员所用，转而开始对政府部门以外的人营业了。那时候，东城街上还开着好几家老茶馆，不管春夏秋冬，茶馆总是坐得满满当当的。

大海说，那次他住的是招待所临街的一个房间。那是夏天，天气异常燠热，只要房间里的灯开着，蚊子和飞蛾就寻着光影，一个劲地往房间里扑。同屋的同学很早就睡下了，大海却了无睡意，于是关了灯，穿着小裤衩走到阳台纳凉。午夜时分的东城街上行人寥寥，茶馆里却依然是灯火通明，人头攒动，但能够在茶馆坚守到此刻的基本不是纯粹的喝茶人，一张张茶桌上，都摆了麻将或者天全大贰（一种纸制的娱乐工具，玩法近似麻将），围坐在茶桌前的人虽个个面带倦容，却两眼放光。大海说，站在阳台上，可以清楚地看到他们手里的牌局，清楚地听见他们相互催促或者埋怨的声音以及麻将与桌面触碰或者落地的声音。

不知什么时候，茶馆阁楼上的灯"啪"一下开了。灯是不超过十五瓦的白炽灯，光线昏黄、微弱，但透过大开的窗户，足可以把阁楼里的一切尽收眼底。出现在阁楼里的是一个女人和一个男人。女人穿花格子连衣裙，一头蓬松的披肩长发，灯一亮，女人就径直走到床边，俯下身清理床铺。床铺上起先铺着布床单，女人三下五除二就将床单揉成了一团，然后抱起床头的凉席，滚圆木一般，哗啦啦在床上摊开。男人是在女人摊开凉席的时候进入阁楼的，嘴里叼着烟，双手插在短裤兜里，明显过宽的短裤向两侧幕布一样张开，活像一对展开的羽翼。男人踮着脚，站在一旁目不转睛地盯着女人，身体和羽翼样的短裤一起不停地闪动。女人终于铺好凉席直起身，男人一口吐掉了嘴里的烟卷，双手迅速抽离裤兜，伸向了女人苗条的腰身。凉席铺好了，紧接着铺开的便是女人白花花的身体……未谙人事的乡村少年大海站在阳台上看着这一幕，顿时呆若木鸡。后来，拖着几近僵直的赤条条的身体回到房间里躺下，接连洗了几次凉水澡，大海仍旧是一夜未眠。

世间的事情，细说起来无非两类：隐秘的和公开的、存在的和不存在的。猛然间把尽人皆知但隐秘存在的事情示诸于人，其爆炸性和冲击力可想而知。东城街上的政府招待所及其街对面的老茶馆，就是这样，以背景的方式进入了大海的记忆。

同样，政府招待所也是我记忆里的一个背景。

更确切的背景是时间，是 1990 年 6 月，在城区一小举行的那场关乎我人生前途和命运的中考。经过之前的毕业会考，班上的绝大部分同学未能取得足够的分数，初中毕业了，却被排除在升学考试的门槛之外。我和敖德斌、王勇是班上仅存的几个幸运儿，敖德斌和王勇在县城里都有亲戚，每次进城，他们都去了亲戚家，唯独我无亲可靠，只得一个人住到了政府招待所里。

我的房间在政府招待所大院最靠里的角落。写号的时候，我特意要求服务员给我安排安静些的房间，服务员倒是说到做到，可交了费进到房间，我才知道我住的是一个可同时入住四人的大屋。服务员似乎看出了我的疑虑，似是而非地笑着对我说："放心，我尽量不安排其他人住进来。"服务员的允诺，没到午夜就被无情地背叛。

和我同住一屋的是一位矿工。我没注意到矿工是什么时间进到房间里来的，当我在一阵细碎的碰撞声里醒来时，只看到邻近的床边放着一个看似很沉的大背包，背包旁不远，一盏沾满煤屑的矿灯正不住地滚动，最后晃晃悠悠地靠着墙角停住。旷工坐在床沿，双手捧着脸接连抹了几把，又长长地舒了一口气，重浊的呼吸间带着浓烈的酒气。大约是房间里光线太暗，也许还有满脸胡须的缘故，矿工的脸黑乎乎的。抹过脸之后，便低下头去看自己的脚。矿工的脚上穿了一双解放鞋，鞋帮上沾满了泥土和煤屑，他目不转睛地看了一会儿，又伸手解开鞋带，露出粗大的脚趾。矿工的脚趾原本都套在袜子里，但袜子前端和足底分别破了若干个窟窿，那脚趾只好裸露在外了。矿工是什么时间睡下的，我也没注意到。只记得他解开鞋带之后，又静静地盯着自己的脚趾看，我翻了一下身又睡过去了。半夜里，我做了一个梦，梦见自己被一所学校录取了，父亲很高兴，在院坝里燃放起鞭炮，哔哔啵啵的爆裂声里，老家的院坝里飞满一地的红纸屑。我咯噔一下惊醒，花了不下半分钟的时间才搞清楚我是在政府招待所的房间里。房间里的灯依然开着，我想是矿工忘记了，或者是他太疲惫，没想过要关灯。我扭头看了一下邻近的床铺，矿工睡得正香，嘴里有节奏地发着雷鸣般的鼾声。一只蚊子绕着耳朵嗡嗡嗡地鸣响，就在感觉耳廓被什么东西轻触到的刹那，我以最快的速度扇出了早已准备好的巴掌，一阵剧烈而锐利的痛感迅疾在耳廓和脑部流转，这一下，我彻底地从睡梦中清醒过来了。

醒过来了便再也睡不着，于是索性起了床，去卫生间洗掉掌心和耳畔的血迹，同时洗了一把凉水脸，然后从床头的书包里拿出复习资料翻起来。一时不知道该恶补什么，便随手拿起英语练习题集胡乱翻看。忽然，一道阅读理解题撞入眼帘，厚厚的练习题集我不知从头到尾翻过多少遍，书页间，到处都留着勾画过后的痕迹，却没想竟还有这样一道题留着空白，不由得定睛细看，题干和答案确实都没在脑海里留下一丝印象。我被自己的发现惊出了一身冷汗。然后拿起笔，对着阅读理解题字斟句酌起来，直到合上书，也能一字不漏地把题目的内容和答案复述出来。

当天的考试进行得异常顺利。拿到考卷，我第一时间从头到尾浏览了一遍，几乎失声大笑起来——最后的一道阅读理解题，竟就是我晚间刚刚记下的。几天后，中考成绩公布，我一向羸弱的英语是所有科目中得分最高的。英语老师看着我的成绩单，怎么也不相信是真的。

我也不大相信这是真的。我想告诉老师我在政府招待所入住的经历，以及和我同居一室的矿工，却一时不知从何说起——那天考完试回到招待所，房间里的床铺已经空了，矿工早已不知去向。只有他睡过的床铺边印着两团近乎对称的煤泥灰，中心部分是一双醒目的解放鞋印，四周散落着好些烟蒂。

东风食堂

说起来也是上个世纪的事情了。时间的筛子轻轻一滤，很多事便被淘洗掉，冲刷得无影无踪了，而那些被留下的，也不可避免地变得模糊，像隔着毛玻璃看到的世界。二十世纪九十年代，我和老 N 还都是刚从学校毕业分配到县中医院工作的新手。老 N 比我大了不下五岁，到县城工作后不久，老 N 便结了婚，很快又有了孩子。和老 N 结婚的，是一家小型国营企业的会计。留一头齐耳的短发，典型的中国南方女性的个头，生有一张圆盘状的脸，眉毛又浓又黑，活像特意描摹上去的，微微上翘的嘴唇红彤彤的，像涂抹过度的口红，但会计说她从来不化妆。会计这样说的时候，老 N 在一旁不住地点着头，我们自然没有理由再去怀疑。会计一说话，红红的双唇不断快速地开合，难得停顿下来时下颌又甩动起来，圆盘随之变形，一副恶狠狠的，苦大仇深的模样，而那声调和语速，又高又脆，噼里啪啦，像爆米花，更像谁冷不丁燃响的鞭炮。第一次见过面之后，我一下就记住了会计恶狠狠的圆盘脸。后来会计成了嫂子，差不多每天都会在我们供职的医院出现，每次遇见，我基本都是能躲则躲，实在躲不掉的时候就硬着头皮迎上前，叫一声嫂子，而后以最快的速度借机溜掉。

起初，老 N 也住在医院的单身宿舍里，就在我的隔壁，自打和会计结了婚，就搬到了会计所在的那家国营企业的家属房。拐过东城街末端的拐角，向县初级中学方向，不出两百米就到了。尽管结了婚，有了孩子，却似乎一点也不影响老 N 隔三岔五地和我们几个在一起，没日没夜地喝酒、打牌，就和他还是个单身汉时一样，只不过时间和频率没结婚以前稠密而已。正因为次数没以前多，每一次有机会出来和我们几个在一起，老 N 便想方设法地待尽可能长的时间。如果遇上周末，那就是不分白天和黑夜了。

让人意外的是会计的反应。按我们私下里的揣测，我们如此没日没夜地厮混，脾气火爆的会计肯定会兴师问罪的。但很长时间里，不管老 N 和我们玩多晚回来，从没见她找上门来。偶尔，孩子感冒发烧或者头痛脑热了，会计就会打个电话过来，问老 N 怎么办，老 N 在电话里指示一番之后，会计便挂了电话。有时候会计说得急了，老 N 便二话不说起身赶回家去。很多次我们以为老 N 不会再回来，可没过多久，老 N 便气喘吁吁地出现在眼前。我们问起孩子的情况，老N的回答叫人忍俊不禁："有我老N出马，还有解决不了的问题吗？"见我们狐疑着，他便又正色说道："兄弟是一辈子的，老婆可以不是，如果老婆想变成一辈子的，那她就该把你们也当兄弟。"看着老N严肃的表情，我们便再无话说。

但是，我们的担心终究还是变成了现实。那个星期天的中午，我们坐在东风食堂的小包间里，一个个面带倦容，双眼因充血而发红，像害了红眼病，精神却出奇地好。东风食堂是一家名副其实的老餐馆，始建于大集体时代，在经济大潮的冲击下，由于人们的口味集体转向，这里早已不可避免地显出颓败之象。之前除了老N，我们几个都没光顾过东风食堂，倒是有几次说起，老N总对食堂里的蒸菜和丸子汤赞不绝口，那天我们从茶馆里出来，走到街心的十字路口，老N便怂恿我们去尝尝。等待菜肴上桌的间隙，我们兴高采烈地谈论起昨晚的酒局，和自酒后开始、一直持续到上午的牌局。这时候，小包间的门突然咚一声被撞开，我们以为服务员上菜来了，纷纷扭过头去，却只见会计怀抱着孩子站在门口。见到我们，会计迟疑了一下，下颌不断甩动着，箭步走到老N身边，把怀里的孩子往老N前面的餐桌上一放，扭头便走了。会计的动作之迅速之果断，着着实实地惊住了老N，而我们则呆呆地坐在那里，大张着的嘴甚至还没来得及叫出一声嫂子。

吃罢午饭我们便硬着头皮和老N一起去了会计的家属房。整个事情或多或少地因我们而起，至此我们是再也无法置身事外了。

会计没在家，是会计的父亲老N岳父大人接待了我们。老N从医院单身宿舍过去以后，我们有几次跟老N一起去过会计的家属房，和会计的父亲喝过几次酒。会计的父亲不是本地人，多年前来天全做工，娶了会计的母亲为妻，退休前是会计所在的那家国营企业的高级工。我们一进门便感觉到气氛不对劲，退休工人沉着脸，跷着二郎腿坐在客厅的藤椅上，对我们的到来不闻不问。老 N 装着没看到他，招呼我们坐下，接着找来杯子为我们泡好茶，又转身去为孩子准备吃的。老 N 刚刚把兑好的奶粉放进孩子的嘴里，退休工人便开始说话了。他先是冲老 N 招了招手，要老 N 在他面前的凳子上坐下。在我们的注视下，老 N 抱着孩子，若无其事地坐了下去。

隔着这么些年，退休工人当时是否拍了桌子，甚或摔了板凳，我已经记不真切了，但退休工人的话却是言犹在耳的："你自己说说，我们家待你好不好？你自己说说，我们家女儿对你好不好？你一个大山里来的娃，带着一裤腿的泥巴进城，娶了我女儿，你不好好待她，你到底要干什么？……"退休工人说完，便死死地盯着老 N。

老 N 低着头，看着怀里的孩子吃奶粉，对退休工人的话，没说是也没说不是。和老 N 一样，我们都出生在大山里，如果追溯一个人祖籍，现在的城里人，上辈或者上上辈，大多都是大山里来的"泥腿子"。按照我们的预想，退休工人顶多就是想劝劝老 N 多关心一下家庭和孩子而已，但退休工人理直气壮地说出这样的话，我们在一旁看着他抬起食指，不断戳向老 N 的鼻梁，一字一句地吐出这些话，感到如坐针毡。

事后看来，退休工人的这一席话，对我们而言顶多是一时面子上过不去，但对老 N 而言，那是关乎人生观和世界观的大问题，不可调和，也无从原谅。由此，老 N 提出了与会计离婚，态度异常坚决。我们几个相约去劝解，老 N 什么也没有说，只不停地举起杯盏大口大口地喝酒。因为孩子，一开始会计说什么也不同意离婚，但在老 N

的坚持下，会计不得不在离婚协议书上签了字。老N主动要了孩子，把家里的积蓄都给了会计。因为长期经营不善，老早就听说会计所在的那家小型国营企业随时可能倒闭，老N说，夫妻一场，他不想让会计此后的生活无着无落，也不想让自己的孩子跟着会计吃不必要的苦。

后来的一天，我去东城街办事，走到街尾的那个拐角时，猛然在人群之中撞见了会计。许久未见，会计的肚皮又一次高挺了起来——和老N离婚之后，会计很快便又结了婚。我脱口而出叫了一声嫂子，她愣了一下，圆盘形的脸上随即挂满笑意。对我无意间的口误，会计似乎一点也不在意。我看着她，跟着不好意思地笑笑。会计笑起来的时候，圆盘形的脸上显出一种异乎寻常的美，很好看。

　　这里曾经是一片稻田。春播时节，总可以看见满稻田里忙碌的农人，他们弓着腰，身边明晃晃的水面倒映着他们的身影，微风吹起，水波一圈一圈地荡漾。后来这里就变成了"开发区"，稻田被一一填平。仿佛是在一夜之间，一栋栋楼房便耸立了起来：加油站、职业中学、宾馆、文体中心、自来水公司、交警大队、中医院、广电大楼、电信公司、菜市场、公共汽车站、音乐广场……在这些楼宇耸立起来之前，一条笔直的大道首先在稻田中间铺陈出来。站在城边的高山上俯瞰，恍惚觉着那是谁冷不丁往稻田身上砍了一刀过后留下的伤口，巨大而醒目，永不会愈合。大道最初没有名字，两边的楼宇一栋栋耸立起来之后，大道的名字也随即起好了，就叫向阳大道。听起来，有一股扑面而来的诗意，很容易就让人记住了。事实上，之所以给大道起这么个名字，仅仅是因为它所在的地方叫向阳村。但在人们的谈论里，依然由着自己的性子，叫这里"开发区"。有一次，我从老城区打车回大道旁的家，师傅是个外地人，操着浓重的外地口音问我到哪里，我脱口而出"开发区"，师傅也没再问，径直将我载到了宿舍区门口。

从我寄居的宿舍区出来，是一个十字街口，"十"字横着的那一笔便是向阳大道。大道这边分别是一家星级宾馆和我供职的中医院，宾馆的名字响当当的，叫二郎山宾馆，对面则是交警大队和自来水公司。靠近中医院这边的街角矗立着一座邮亭，亭身后面是医院大门前广阔的草坪，几棵小树错落在绿油油的草间，从栽种下它们的时候起，就是现在的样子，四季都擎着碧绿的枝叶，却似乎从来就没有生长拔节过。

邮亭现在的老板是一对年轻的夫妇。我开始在邮亭订阅杂志的时候，老板是位中年男人，秃顶，光亮可鉴的前额，不高的个头，浑圆的肚皮，一说话，喉间就发出轰隆轰隆的喘鸣，偏偏他还喜欢笑，笑起来的时候喉间的喘鸣就更加的响亮。我每次去取杂志，他总是笑呵呵的，双眼几乎眯成一块了。我好几次对他说，你该减减肥了。他知道我是个医生，却总是笑着，对我的话不置可否。后来有一天，我估摸着杂志到来的时间去邮亭，却见邮亭的卷帘门四下紧锁——中年男人死了，就在头一天，快临近十二点的时候，在送杂志上一栋楼的途中。那个订户住在八楼，中年男人爬到七层的时候突然感觉胸口痛，停下来休息，却不见疼痛有任何缓解，于是拨通了妻子的电话，可还没说出一句话，他就倒了下去，再也没有站起来。

那是在六月。邮亭因此关了很长一段时间，我订阅的当年余下的杂志也因此断了档。邮亭重开的时候，主人就换成了现在的年轻夫妇。重开的当天，我特意跑去问过他们我订阅的那些杂志还拿得到不，他们很惊奇地盯着我，大约是觉着我这个人有些莫名其妙，却没说出来，片刻之后，他们微笑着不约而同地回答：可以啊，补订吧。

我无声地看了夫妇俩一眼，逃也似的离开了邮亭。随后，我就为自己的沉默付出了代价——因为接下来差不多半年的时间里无新杂志可读，我越来越强烈地觉出了一种无法言说的窘境。像身体里隐约存在的痒，挠不着，却又无休无止。终于熬到了这年的十一月，我迫不及待地跑去邮亭，微笑着要年轻夫妇帮忙订阅来年的杂志，付钱之前，我小心翼翼地和他们谈条件，说，等拿到杂志再付钱，拿几本付几本的钱，行不？却没想，年轻夫妇相互对了一下眼，很爽快地答应了我。让我更没想到的是，此后每当有新杂志来，夫妇俩总是第一时间通知我，有时候还特地送到我的办公室里。一期也没落下过。

医院外的十字街口往上，还有两个十字街口，再往上便是旧城区；往下，过一个十字街口便是龙尾大桥。因此也可以说，整条向阳大道的长度，其实就是整个开发区的长度。随着大道两旁的高楼不断林立而起，开发区不断扩张，横跨向阳大道的路连续筑成，本就热闹的开发区更显出繁华来了。

站在医院外的十字街口，抬眼就能看到不远处的广电大楼。那是县电视台的所在。我每天在电视里观看的本地新闻，就是从那栋大楼里制作并传送出来的。对于新闻节目的制作和播出，我一直有着强烈的好奇心。有一次和曾经在广电局工作的朋友聊天的时候无意中说起，朋友几乎是脱口而出：一二三噻，就像你们医生看病一样的，不也有个一二三么？我恍然。朋友的话自然是没错的，世上所有事都有其自身的规律，我们能做的，就是顺应这个规律，做自己应该做的事情。我已经忘了具体的时间和背景，只一直记着朋友说这话时的表情，很有些顺理成章、不以为然的样子。尽管如此，依然没能彻底消解掉我心底里的好奇，我依然不时想象着，有一天跨进那栋大楼，亲眼看看楼内的情景。

广电大楼的楼顶上架着一架巨大的钟。每到整点的时候，就发出咚——咚——咚的钟声，引得四下里发出远远近近的回声，悠扬而绵长。站在向阳大道上的任何一个地方，都可以清楚地看到大钟上嘀嘀嗒嗒不停滚动的指针。我一直不喜欢戴手表，最初寄居到这里的时候，我还没能力购买手机，家里也没来得及安装挂钟，什么时候我需要知道时间，就推开窗户或者抬起头来，一望便知。

这样的情况，持续到 2008 年 5 月 12 日便戛然而止了。确切地说，是持续到 2008 年 5 月 12 日 14 点 28 分，那场举世皆惊的大地震。大地震的震中在汶川，这个小城是地震波及的地区之一。那天早上，我照例到单位上班，查房，为我的患者们开具了当天的处方，然后换药。中午 12 点，回家为孩子做好了午饭，之后例行午睡。我是在睡梦中被巨大的震波荡醒的。和往常一样，我睡在客厅的沙发上。一醒来，双耳便充斥着天崩地裂山呼海啸般的声响。是爆裂，是撞击，是破碎。沙发旁的地板上四处散落着玻璃灯罩的碎屑，就连四四方方的电视机也仰面躺在那里。客厅的天花板光秃秃的，只剩下几根残缺的金属线，电视柜上原本只摆放电视机，因为电视机的突然离场陡然变得单调和空旷……我一下就蒙了。蒙蒙眬眬中，我努力着，试图站起身，想看看是怎么回事，却发现楼房在不住地摇摆，脚底像踩着滚滚涌动的波浪，怎么也站不稳，更不要说挪动步子了。那一刻，我像一个四肢笨拙的溺水者，四周的惊涛骇浪不断向我涌来，我拼着命，想做些什么，却发现什么也做不了，只好就那么呆坐在沙发里，任由铺天盖地的无助和绝望汹涌着，一点点把我淹没……记不清过了多久，也已记不清是怎么赶到医院的了，只记得赶到医院以后，病房里早已是空空荡荡的；向阳大道和医院门前的草坪上聚满了人，我的病人们横七竖八地躺在草坪上。到处是惊魂未定的面孔，到处是此起彼伏的呼喊。可怜的是那些青草和那几棵似乎永远长不大的小树，在一双双大脚的踩踏下，再也没有了往日的生机和活力……时隔三年，那些青草和小树早已恢复了往日的生机，重又变得绿意盎然的了。每次打草坪边经过，我眼前还不时浮现出当时的情形，像一场无声的黑白电影，一次又一次地在脑海中重放。有一丝虚幻感，且略略的失真。

但我清楚地知道，那一切都是曾经真真切切地发生过的。就像广电大楼上的大钟。那一刻过后，大钟的指针便停止了跳动，永远地停留在了 14 点 28 分，它悠扬绵长的钟声，也彻底地从小城上空消失了。据说，有关部门曾经专门请人来修理过，却不知道什么原因，一直没修好。有关部门的领导于是灵机一动，索性让它保持现在的样子，静立在广电大楼高高的楼顶上。但凡经过向阳大道的人，都能看得一清二楚。有了它，小城人对"5·12"的记忆将会保存得更加久远吧。我对此深信不疑。

大约是为了方便进出宾馆和中医院的人通行，"开发区"的设计者们特地在十字街口靠近邮亭的一侧辟出了一片开阔地，呈扇形，紧紧攀附着笔直的向阳大道，总让我联想到某个人的肠道上赘生的巨大突起——突起的顶端连着"十"字竖着的一端，我寄居的宿舍就在离交叉点不远的一栋大楼里。从交付使用的那一天起，开阔地上就从没空闲过。出租，人力三轮，贩卖蔬菜、水果和鲜花的临时摊点，横七竖八地拥塞在那里。如果是在清晨，则是一溜的早点摊子。摊主大多是这个小城周边的居民，一张张都是似曾相识的面孔，似曾相识的笑容。

有时候为了赶时间，我会偶尔光顾那些早点摊子。我几乎吃过那里的所有早点：豆浆油条、锅盔、卤鸡蛋、馒头等。每次我一走近，他们此起彼伏的叫卖声便会高亢起来，隔着越来越近的距离，杂乱无章地窜入耳道。因为事先并不知道自己要吃什么，我走近他们的时候，心里就无端地生出些无措来。

春天的时候，早点摊子新增了一个陌生面孔。十七八岁的样子，两只眼圈总是乌黑阴沉，活像脑外伤过后的"熊猫眼"。他卖的是锅盔。他把锅盔放在一个长方形的玻璃柜子里，玻璃柜子横搁在三轮车上，柜子向外的一面用红油漆刷着六个醒目的大字："山西帅哥锅盔"。柜子上放着一只小喇叭，扩音器总是朝向中医院和宾馆所在的方向张着。我隔三岔五才光顾一次摊点，时间长些之后，我注意到他并不是每天都出现在这里。他出现在摊点的时候，老远就能听到小喇叭里传出的声音："锅盔，山西，帅哥锅盔——"典型的本地口音，拖着长长的尾音，弯弯绕绕的，一遍又一遍。这样一来，他就无须和其他人一样，张开嘴高声叫卖了，只站在三轮车旁，若有顾主光临，他就伸手推开带滚珠的玻璃柜子，取出锅盔，收钱。那天我实在想不到要吃什么，走着走着就走到了他的玻璃柜子前，他也没问我是否要买，就哗啦一下推开了玻璃柜子。递给我锅盔的时候，他点了一下头，脸上晃过一丝微微的笑意。我看着他，在他找零的当口开始啃食手里的锅盔。刚咬了一口，我就险些被噎住了。大约是出锅时间过长，锅盔早已变冷，硬邦邦的，像嚼冰渣子，我试了几次，都无法顺利吞进肚子里。他递过钱来，看到我"狼吞虎咽"的样子，又一次无声地笑了。

后来有一天，我突然在有线电视播出的本地新闻和市报的长篇报道里看到了他。他是报道的主角。电视新闻和报纸上满是他的图片和镜头，尽管图像拍摄的是他的裸体，脸部还被处理成了马赛克，我还是一眼就认了出来。看上去，他比我在十字街口看到时更加瘦削，整个一副皮包骨头的样子。裸露的皮肤上，到处都是伤痕，新伤叠着旧伤，老伤未愈又添新伤。他瘦骨嶙峋的身体俨然就是一张画布，上面画下的全是伤疤，一道道，清晰而醒目。

报道说，他来自山西省运城市绛县，16岁，叫高雷雷。雇用他的是一个本地人。和高雷雷一起被雇用的还有一位13岁的少年，高雷雷同一个村子的老乡。今年春节后，他们一起"流窜"到这个小城，而后被老板雇用。老板平时给他们的任务就是：每天制作并贩卖400个锅盔，他的同伴200个；如果未按时完成工作量，等待他们的便是擀面杖、钢管、螺纹钢……为了完成老板的任务，他们每天很早就起床，骑着三轮车，先到小城周边的村镇，然后回到城里。老板至今未付过分文工资，他们的伙食就是每日卖剩下的锅盔，并被老板严格限量……报道发出的时候，高雷雷已被送进医院，"经检查，全身90％以上软组织挫伤，两处以上骨折，体内出血，肾功能出现衰竭，已于当日下午转往市人民医院进行紧急救治……"触目惊心，令人发指。这是电视报道里反复用到的八个字。电视新闻所配的背景画面，就是高雷雷的裸体图像，和他曾经贩卖过锅盔的地点，出现最多的便是邮亭旁边的十字街口。

那些时间里，我每次上街总会听到人们的议论声。有惊奇，有叹息，也有愤恨。此时，这个小城已再也见不到高雷雷的身影。但生活总在继续。和往常一样,我还会偶尔光顾一下早点摊子。摊主们见了我,脸上就浮现出似曾相识的笑容,仿佛他们已经认识我很久了。

因为这里是宽阔的四车道,且路线笔直,视野开阔,便在一定程度上麻痹了人的神经。寻常时日里,人们驾车打向阳大道经过,速度总是不觉间变得很快。走在路旁的人行道上,远远就听得见车身划破宁静空气发出的刺耳声响,配合着不时鸣响的喇叭声,让人生出不寒而栗的恐怖感觉。

真正让人不寒而栗的是不时发生的车祸。因为有中医院和宾馆,出入医院外十字街口的人和车自然就多,意外便随之不时发生了。有人做过不完全的统计,整个向阳大道,平均每月就有一次车祸发生,而发生率最高的就是中医院外的十字街口。有时候这边的血迹尚未完全风干,另一起更加严重的车祸又在那边发生了。一天傍晚,我刚刚下班回到家中,便接到一位朋友的电话。朋友是位有着近二十年驾龄的货车司机。电话里,朋友急匆匆地问我在哪里,语气是我从没听见过的紧张和急切。朋友开车经过医院外的十字街口时,一辆摩托车突然从医院对面的街角飞快地窜出来,硬生生地撞上了他的车身,人和摩托车一起反弹而起,重重地跌落在地。摩托车当即没了完整的形状,驾驶摩托车的人失声惨叫着躺在地上,腿上皮肉绽开,血肉模糊,白生生的骨头树杈一样斜刺着。幸好救治及时,那个摩托车驾驶者的腿倒是保住了,却在医院里躺了半年多才渐渐好起来。

为了规范人们通行,医院外的十字街口不久之后便装上了红绿灯。红绿灯安装在高高的水泥杆子上,不管是步行还是驾车,打老远就能看到。开始的时候,并不是所有人都习惯红绿灯的存在,但交通

116

规则不管这个，它存在的目的就是要规范人们的行车，直到养成良好的习惯。闯过红灯的人后来都一一收到了交警寄出的罚单，再经过时也就很自觉地控制着速度，走到红绿灯下也是当停则停，当行方行了。步行的人们再也不用担心自己被撞得血肉模糊，甚或变成车轮下的无辜祭品。

自从有了红绿灯，医院外的十字街口发生的车祸的确是越发减少，几近于无了。但是，不少驾车的人，远远看到红绿灯上不断变小的数字，总想赶着，在红绿灯变换之前冲过去，以免停在街口，无所事事地等待那60秒的时间。他们目不斜视地盯着前方，踏在油门上的脚掌暗地里使着劲，车子于是风驰电掣地飞奔起来。大多数时候也确实如他们所愿，有时候，邻近的十字街口免不了有人交叉而行，可驾车的人们却目不斜视，一副心无旁骛，时不我待的样子。于是，以前医院外不时发生的惨剧又在邻近的十字街口发生了，频率似乎更甚，结果也更凄惨。

一天清早，广电楼下赫然躺着一个血肉模糊的人影，四周是一摊凝固的血迹。那时候，大多数天全人都还沉浸在睡梦之中，整条向阳大道，除了晨练的老人和远处几个早点摊，再见不到更多的人了。死者是什么时间遭遇的不测？死者又遭遇到了什么样的不测？通过查看监控录像，发现在早些时候的晚上，曾有一辆中型货运车以很快的速度驶过，在行驶到广电楼下的时候，车辆停了一下，随后以更快的速度驶离了向阳大道。因为光线太暗，更因为货运车长期从事煤炭运输，煤屑掩盖住了车身上悬挂的车牌，监控录像里根本没法看清，但在相距很短时间的另外一个监控里，却看到了驾驶员的脸。人找到了，车随之被锁定。真相于是大白于天下：原来，就在早些时间的晚上，死者和几个朋友喝了酒，回家时已是夜深人静的凌晨了，街道上空无一人，死者一个人晃晃悠悠地走着，压根就没注意到不远处正有一辆车疾驰而来……事情迅速传遍了县城，人们无不对肇事逃逸的车主嗤之以鼻，而对死者则报以一声声深长的叹息，叹息中，不少人的眼中闪现出泪花，仿佛意外殒命的是自己的亲人。

又一天的傍晚，雪梅骑着自行车路过广电楼下，打算去对面的街上办事。雪梅是一位年近中年的女性，戴一副度数不低的近视眼镜，因此她出门一向是小心翼翼的。走到十字街口就要过街时，雪梅停了下来，打算推着车走过去。雪梅耳闻目睹过向阳大道上的多起车祸，知道不久前曾经有个人命丧于此，在她看来，推着车一步步看得清清楚楚才走过去，远比骑在车上双脚离地强。她下了车，扶着车把手，左右看了看，确定无误之后，才终于迈开步子。可她稳健的步子没迈出多远，就听见耳旁一阵剧烈的轰鸣，等她想再躲闪的时候，已仰躺在冰凉的马路上，动弹不得。离她不远的地方，同时躺着一个青年摩托车手。青年在地上挣扎了几下，慢慢站起来，拍了拍身上的尘土，而后去搬起远处的摩托车，除了车把歪斜之外，全金属制作的摩托车居然无大伤大碍。雪梅躺在一旁，也挣扎了几下，可她怎么也站不起身，她想到了大喊，张着嘴，发出的却不过是蚊蝇一样的呻吟。

我见到雪梅的时候，是在医院的病房里。雪梅的脸肿胀如瓜，双唇厚实胜过非洲的黑人女性。见到我们，她连摇头加摆手，示意我们坐。我认识雪梅已经不下十年，我知道她一定是想对我们说些什么，可是下颌部的骨折和肿胀的双唇，让她成了一个有口难言的人。

冬天里，一到中午，向阳大道上就停满了车，清一色的大货车，一辆挨着一辆，首尾相接，像一条长龙摊在向阳大道上，只留下一半的路面，供过路的车辆和行人通行。黄昏来临，长龙依然没见蠕动的迹象，焦急的喇叭声划破夜色，向四面八方传送。据说，这和这个冬天长江枯水有关——因为枯水，运载油料的大型油轮无法通行。没有了燃料，汽车司机们自然也就只能接受油料紧缺的现实了。

川西南崇山峻岭中的这个小城，竟然和滚滚长江有着如此紧密的联系！这是我从没想到过的。我猜这也是那些司机们没有想到的。要不，他们就不会在夜晚来临时纷纷摁响汽车喇叭，徒劳地宣泄他们心里的焦急。

傍晚时分，我去向阳大道散步。出门的时候，走的是与向阳大道并行的滨河路，走到滨河路末端与向阳大道相交的地方，折身走上向阳大道，最后经过十字街口回家。这是我散步时习惯行走的路线。但今天到十字街口的时候便遇上了麻烦：无所事事的司机们三三两两的站在汽车头尾相接的地方，一边大口大口地抽烟，一边大声抱怨着该死的天气。浓稠的烟雾袅娜着，在他们的头顶升起，很快隐没在越来越深的夜色里。从十字街口这头走到那头，我来回寻找了很长时间，才终于找到一个空隙，于是飞快地冲了过去。

冲过去就是邮亭，再往前走一点，就是宿舍区大门了。站在邮亭旁边，我不由得长长地舒了一口气——有那么一瞬间，我以为我会回不了家。

◇ 后
　　街

　　后街不是一个确切的地理坐标概念，而是县城某一部分的统称。县城虽小，街道却是纵横交错的。站在任何一个点上，都可以分辨出前后左右、东西南北。因为参照物的不同，任何方向又都会随之发生相应的变化。

　　整条后街沿县城边的河流而行。河对岸便是青山。青有深浅的不同，整座山因此便有了层次感和立体感。上部是黛青色，那是茂密的天然树林，林中尽是多年生的各色树种，满枝满梢都是绿油油的叶片，林中遮天蔽日，远远看去，就是一片恣意汪洋的绿。中部是浅浅的绿，那是农人们的庄稼地，种着油菜、小麦、玉米、大豆、白菜、萝卜、土豆……庄稼地之间凡有空隙的地方又都种上了树，桃或者李，总之是不让那地空闲着。下部便是山脚了，沿着河岸，密密麻麻地挤满了人家。以前家家户户都是清一色的木头房子，盖本地泥土烧制的土瓦片，到了做饭的时间，一家家的屋顶都冒着烟，一缕缕的炊烟弯弯扭扭地腾空而起，恍若一根根无声舞动的飘带。近年来这些年老的木屋渐渐被钢筋水泥的楼房取代，电是很早就通了的，厨房里的土灶随之换成了电炉、电饭锅、微波炉，偶尔可见一两家的老木屋还冒着炊烟，可那烟刚冒出屋顶，便在绿油油的背景里淡得没了踪迹。河床在出入县城的河段遭遇两个关隘陡然收紧。上方是禁门关，下方是龙尾峡。关隘之间就是县城。依着县城的一节河床随之宽阔了许多，水流也就平缓了许多，仿佛一条长蛇刚刚饱食过后突然胀满起来的肚腹。几年前，龙尾峡之上修了电站，电站高耸的大坝将河水拦腰阻断，蓄积而起的河水将空阔的河床全部覆盖，形成明晃晃的湖泊。早些年河水里有鱼，不管清晨还是黄昏，总可见三两个垂钓的人，蹲在河里的石头边，一动不动地盯着眼前的鱼竿和不息流逝的河水。现在，河里是早没了鱼可钓，再去后街走动的时候，却可透过湖边树枝间的缝隙赏到湖面微风过后一圈一圈波荡起来的水纹，看湖边的树丛里忽地展翅而飞的鸟群，鸟儿飞累了，就在不远处的树杈上歇息，欢快的叫声不知疲倦地响在耳边。湖岸边长满了树木和杂草，兀自在季节里开出花朵，风吹动湖面的时候，便也带来了沁人脾肺的花香。有时候你看不到花开在哪里，但那直愣愣扑进鼻腔里的香气却是实实在在的。失去了河里解馋的美味，却换来了愉人的风景，小城人没觉得有什么大不妥。

街是早在河流被截流成湖之前就修好了的，名字起得顾名思义，就叫滨河路。但在私下里，我喜欢叫它后街，除了口头表达的方便，更多的原因是更早时间里筑成的差不多与之并行的另一条街——向阳大道。进县城的路在龙尾大桥桥头便一分为二，右侧是向阳大道，左侧即是滨河路。滨河路走到县城中段，经过一座石拱桥之后，陡然一拐，再次与向阳大道相汇，往上是环城路，再往上就是沿江路了。作为县城"开发区"的主干道，向阳大道是宽阔而笔直的四车道，而后街则沿河而行，蜿蜒曲折，路面就显逼仄。路修好的同时，路边便种了一溜的南天竺，一律整整齐齐的，高不过膝处；靠河边的空地七七八八地种了些高大的水杉、银杏、桂花。后街上段有一处凹地，四边也都种上了南天竺，中间摆放了石桌石凳，靠近街边的地方种了几株金叶女贞，女贞树离地的部分被紧紧地编织在一起，成了两头通体透绿的鹿，赫然立在凹地里，凹地也因此有了个别致的名字：鹿池。没过完一春一夏，南天竺丛便没了起初的形状：被树荫遮蔽的部分枝繁叶茂，长势良好，而靠近路边的部分享受着阳光长时间的照耀，却是一副病恹恹的疲态，叶片萎黄，似乎栽种下之后就再没生长过。秋天一到，便有人拿着剪刀站到树丛里，"咔嚓、咔嚓"的声响不绝于耳。

　　与对岸的山脚一样，后街筑起之前，沿河的岸边也住满了人家。住户之间到处是乱石堆砌的土堆，但凡巴掌大的间隙里，要不种了竹子，要不被勤勉的农人们开垦成了菜地。农人们可能不知道陶渊明，但在他们眼中房前无竹的生活是难以想象的。离河岸稍远，就是大片的开阔地了，被分割成大小不等的块状，块块都是肥沃的稻田，春天里种了稻谷，秋收后则种蔬菜。"开发区"成立之后，稻田首先被"开发"，随后，河岸边那些人家的老木屋也被拆除，住户们统统住进统一规划修建的楼房里。年轻力壮的倒没什么，因为早就没有土地可耕种，正月十五一过，便成群结队地冲出龙尾峡，到雅安、成都，甚至更远的地方打工去了。到了年关，又像湖面飞翔的鸟雀一样，从四面八方飞回来。这时候的他们，身着鲜亮的衣服，头发不再是出门时的乌黑蓬乱样，说话时拼命地卷着舌，不再"千""天"不分——那些土里土气的口音和方言，曾经让他们在外出最初的日子里受尽白眼和讥笑，为此他们不得不改变自己。苦了的是那些老人，天气晴好的午后或者黄昏，他们便三三两两地搬来小木凳，坐在街边的树荫下，抽着烟，慨叹这世界变化太快。习惯了出门就脚踏泥土的他们，显然未曾料想到自己有朝一日也会住进钢筋水泥的楼房里去，这突如其来的现实，让他们有些措手不及。最让人苦恼的是那些家畜。猪没了圈可养，鸡没了地可放，他们不禁担心，年关来时，一家人团圆的餐桌上，也必须得摆上菜市场里割回来的猪头肉和鸡市上饲料催大的鸡。从小到大，他们一直生活在小城的小河边；世世代代，他们从来就没把自己当城里人看待，即便是已住进了钢筋水泥的楼房，也依然心存疑虑。他们摆谈着，叹息着，对岸山顶上空的太阳不知不觉已落到山那边去了。

正是因为街道的蜿蜒曲折，除非逼不得已，穿城而过的车辆极少从后街经过，加上有湖边的风景可赏，后街修筑完毕之后就成了小城人散步的绝佳去处。夏天里，即便没有湖面细细吹拂的微风，走在街上，看着不时撞入眼帘的清澈湖水，燥热的身体都能感觉到一阵阵清清凉凉的舒爽。

不知道是谁家最先开始的，当街边的树木撑出浓荫的时候，有人在树荫下摆出桌子和椅子，开起了露天茶社。起先只是一家两家，渐渐地，沿街都稀稀拉拉地摆了起来，到后来，是整条街的人行道上一家挨一家都摆上了。椅子是竹编的躺椅，桌子则是折叠式的木制小方桌。炎热的夏日里，坐在湖边的浓荫下，喝着茶，享受着湖面细细的微风，想想都是件惬意的事。于是，到后街的人，每每散步走过一段路之后，就会选一张椅子坐下来，更多的人则是事先就有了明确的目标，直接奔赴而去的。天全县城实在是太小了，人与人之间多抬头不见低头见，每一家露天茶社的主人都有自己熟悉和亲近的人群，茶社一旦开张，亲朋好友和熟人自然就成了主要的客源。而茶呢，无非是本地出产的花茶、素茶、竹叶青、毛峰，甚至还有专供女士们享用的菊花、柠檬，不管你喝哪种，也不管你喝哪一家的，价格是一成不变的——五元一杯。童叟无欺，你想坐多久就坐多久。有时候，你正喝着，却临时有事，只要离开之前给摊主说一声，等你办完事回去，你点的茶和坐过的位子绝然不会有人挪动。有时候你刚刚选个位子坐下来，泡好的茶水也已经摆在你面前，却发现有朋友在不远处招呼你，你站起身，摊主会冲你笑笑，绝不会要你付了茶钱再走。但你第二次再去喝茶的时候，你首先想到肯定是你上次泡好却没喝也没给钱的茶，你的脚步定会不由自主地走向那家茶社。一来二去，即便你不认识摊主，也就自然而然地成了他的常客。

人渐渐多起来之后，附带着让街边那些冷冷清清的铺面也渐渐火爆起来。中餐馆、火锅店、酒店、超市、KTV、烧烤店，一家接一家地开了起来。到了吃饭时间，露天茶社的人陆续转移到餐馆，餐馆的面积都不大，餐馆里卖的又都是普普通通的家常菜，但人们喜欢的就是那里的普通和家常，因此尽管家家餐馆都竭尽所能，把能利用的空间用上了，依然容纳不下越来越多的就餐者。夜晚来临，那就是KTV、烧烤店的天下了，人们喝够了茶，又酒足饭饱之后，便三五成群地去到KTV。他们可能从头到尾踩不准音乐的节奏，唱不准歌词的发音，他们也没想到过要去踩准音乐的节奏，唱准歌词的发音，但这一点也不影响他们争先恐后地把自己变成麦霸，放开喉咙，一曲接一曲地高歌，他们要的就是这么随心所欲地放松自己。等他们从KTV出来的时候，晚饭时的酒已醒得差不多了，肚皮里空荡荡的感觉开始不断地提醒着，该去烧烤店填充一下了。于是，街边朦胧的夜色里开始飘荡起他们划拳猜酒时发出的放浪调笑声。就这样，在连接后街和向阳大道的广电路上，更多的中餐馆、火锅店、烧烤店开了起来，一家家，都是些特色店铺，在后街吃惯了家常菜的食客们冲着那些花花绿绿的招牌和琳琅满目的广告贴，闻着满街飘荡的香气，口腔里的分泌物开始增多。但并不是所有的馆子里出售的特色食物都适合天全人的口味。馆子是一窝蜂开了起来，可没过多久，那些固守着自己的所谓特色，不肯做出改变，以适应天全人口味的，很快就关门大吉了；而那些经过淘洗所幸生存下来的，你只要略略注意一下，就会对天全人的口味了然于心：麻和辣。舍此，再绝顶的美味对天全人而言都是寡淡的。

后街上到底开了多少家露天茶社，又有多少家餐馆，没人统计过具体的数目。酒店却仅有一家，从广电路出来，沿后街向上一拐就到了。那是一栋五层楼房，底楼被用作餐馆和总台，二楼以上全是客房。地势的便利是确定无疑的，但从开张的那一天起，酒店一直冷冷清清，似乎从没见有人入住过。一天清早，两位老人晨跑经过酒店时，发现了一具裸身男人的尸体躺在酒店门口。人们这才知道，酒店的冷清原来是假象，不过是入住者入住的时候没被人们注意到而已。

裸身男人躺在酒店门口的消息迅速传遍了整个县城，人们甚至很快弄清了死者的身份。但关于死者为什么裸身躺在酒店门口，却说法不一，相对可信的说法是头一天下午，男人借故要到成都去看正在学校念书的儿子，走到半路就返身回来了，回来的时候，身边带了个已婚的女人。男人一点也不知道，女人的丈夫早发现了老婆的出轨，就在他带着女人返回来的时候，女人的丈夫约了几个彪形大汉在身后跟着，当他们乘着夜色步入酒店，刚刚躺进四楼房间里的被窝，房间的门便被砸响了。男人不明白为什么会有人砸门，冲门外吼了几声，门外的人没有任何应答，砸门声却是更加猛烈地响了起来。男人于是感觉到了大事不妙，慌乱中，从床头抓起衣服，扒开房间的窗户，奋不顾身地跳了下去。

事情的经过是否真是这样，没人说得清，反正人们都在这么说。裸身男人死的那天，很多人前往后街想看个究竟。我猜人们其实更想看的是那个女人，看看她到底有怎样的魔力，让裸身男人不顾一切地投进她的怀抱。最终，人们自然只能失望而归，即便是裸身男人，当人们赶到酒店门口的时候也只见到一摊早已风干的血迹。

那之后很长时间里，人们去后街总是绕道而行，到露天茶社喝茶的人，一夜之间减少了不少。摊主们倒是一点也不担心，依然每天坚持将竹制的躺椅和小方桌搬出来摆在街边，他们认定了，作为一个极其个体的事件，裸身男人终究会淡出人们的记忆，到那时，人们又会回到后街来了。

一半光阴 ◇

天刚擦黑，你的双眼还没来得及适应渐渐加深的夜色，街灯便亮了，照得县城亮如白昼。独独安居南路似乎是个例外。因为安居南路上种了大叶榕树，枝丫向着四下里肆意张开，一年四季都挂满了密密麻麻的枝叶。秋天的早晨或者午后，或者风雨过后的夏日，总可以见到穿着橘黄色制服的环卫工人站在树下，嘴里小声嘀咕着，一遍一遍地清扫树下满地淡黄的落叶。夏日里，大叶榕长得尤其蓬勃，一棵大叶榕就是一把巨伞。白天里打街边的树下路过，不用戴遮阳帽也不用撑遮阳伞，就可以躲过铺天盖地的烈日照射。仅此一点，就使得安居南路有别于县城其他地方的街道，驾着车也无须一次次按响喇叭、一次次踩下刹车，以避开路上旁若无人地横冲直闯的行人、人力三轮车、摩托车。安居南路上也沿街划定了白色边框的长方形格子，天一亮，长方形格子内就停满了车辆。入夜，车辆纷纷开走之后，街面上便显出宽敞，甚至有些空阔来。那些骑自行车、摩托车或者步行经过的人，无不被大叶榕树下的浓荫吸引着，很自觉地归置到了路边，白天里紧靠着路边停着的车辆，晚上踏着长方形格子，紧靠着路边的大叶榕树。藏在半空的路灯亮起来，明晃晃的灯光照亮了大叶榕树最高处的枝叶，却无法穿透层层叠叠的叶片，只能将黑黢黢的树影打在路面，树枝随风摇摆，那影子便蠕动着，不断变化着形状，像不断冒起的人头打在电影幕布上的投影，恍恍惚惚，一片黑，却不是伸手不见五指的那种黑，毕竟有路灯的照耀，只是朦朦胧胧的。

如果从一个足够高的处所俯瞰，安居南路靠里的一头连着向阳大道，靠外的一头连着滨河路，长不过四五百米。向阳大道笔直而且宽阔，自建成那一天起，就一直是县城一条标志性街道，滨河路沿河而建，尽管蜿蜒但也足够宽阔。相较而言，安居南路实实在在地只能算作一条小街了。两条大街之间至少有四条与安居南路同样走形的连接线，也都是安居南路一样的小街。但再短小它也是街，街面上也是五脏俱全的，挤满了各类门店：宾馆、餐饮店、茶楼、火锅店、超市、医院……路边的大叶榕不过是它区别于其他街道的一个标志，县城里的街道上大多种上了行道树，只不过树种不同，栽种的时间也有先后，树的长势也就显出不同来了。

另一个更加显著、更加深入人心的标志，是我供职的县中医院。相对于一条小街来说，这个偏远的川西小县城已经够得上广阔，而县中医院却是绝无仅有的一家。县城里的人们可能叫不出"安居南路"的名字，记不起路边蓬勃如盖的大叶榕树，可一说到县中医院，却是人皆尽知的，好些人都有到中医院就医的经历，要不是他们自己，要不就是陪同从外地赶来的亲朋。我在不止一篇文字里写到过我供职的中医院。1994 年，我从学校毕业分配到县城工作的时候它还在北城街，新千年以后搬迁到安居南路。这里是它的第三个院址。

比医院搬迁更早的是我的住处。宿舍楼紧挨着医院，由一小片树林隔着，门口是一道朱红色大铁门。那时候我与妻已相恋了若干个年头，妻来自县城边上的一个村子，我来自更远的乡下一个更小的村子，我们都住在医院的单身宿舍里，我们决定结婚的同时搬进新家。从那以后，我每天骑着自行车从大红铁门里出来，穿过向阳大道，去北城街上班，傍晚又骑车回到大红铁门后的宿舍楼里。过了近两年，医院也从北城街搬迁过来，我便再也不用每天都骑车出门，两点之间的那条线随之大大缩短，短到近乎融为一体，变成了一个稍大一些的圆点。我每天在这个圆点内，按照既定的方式和路线往返、打转、腾挪、踯躅。圆点之外便是安居南路。这样说来似乎太过抽象，太过宏观，像一具人体骨骼一样少了血肉，但却是我内心真实的写照。

　　中医院大门就开在安居南路与向阳大道相交的路口。很长时间里，路口靠近中医院一侧摆满了小摊，卖各种水果和简易小吃，油炸土豆、啤酒、烧烤、麻辣烫什么的。水果、小吃以及加工小吃的器具都放在货三轮逼仄的车厢上，座位与车厢之间竖着杆子，擎着一把大伞，阔大的伞叶既可遮阳也可避雨。小摊无人问津的时候，摊主们便躲在伞下，脊背抵着伞把，操着双手，似乎随时准备着伸出去抓住三轮车扶手，双眼直溜溜地盯着过往的行人和相邻的摊主，顺便也盯着向阳大道和安居南路方向，警惕着随时可能现身的城管。有一天半夜，诗人何文被几个朋友拉出来，在小摊上吃烧烤，猛喝了一顿啤酒，第二天便肚痛、拉稀。我们都听何诗人说起过他的遭遇，有几次从那里经过，不由分说怂恿何诗人再去吃，他是打死也不从了。后来县城刮起卫生整治之风，不管白天黑夜，都有城管人员开着车子闪着警灯四处巡视，那些摊点这才渐渐从安居南路销声匿迹，也可能是转移了阵地，跑到别的什么地方去了。

　　路口靠近中医院一侧开着一家邮亭，面街的玻璃柜子里摆满了各种花花绿绿的报纸杂志，却少见有人去翻动。我每年都会订阅几本文学期刊，但从不去邮局，而是年底一到便告诉邮亭老板我要订阅的期刊名，等杂志到手里之后才付给他现金。有时候打邮亭外路过，碰巧有新杂志到来，老板就会叫住我，满脸热情地拿出新崭崭的杂志来。老板姓刘，老板娘姓什么不知道，我去取杂志，有时候是他在，有时候是她在，有时候是两个人都在。邮亭里面的空间狭小，同时挤不下两个人，他们都在的时候，只得一个人在敞开的玻璃门口站着，另一个坐在邮亭里边的转动椅上，有一句没一句地聊着什么，有淡淡的笑意浮现在脸上。一旦有人出现在邮亭窗口，他们便停下正在进行的话题，脸上却是笑得更加灿烂了。报纸书刊的生意不好做，他们便另辟蹊径，兼顾着做起了烟酒生意，所贩卖的烟酒就挨挨挤挤地码在靠墙立着的货架上，站在邮亭窗口，一抬眼便可看得清清楚楚。据说，他们还在向阳大道对面的小区里租了房子，开了一家小旅馆，取名"比家好"。我不知道我是不是唯一一个在邮亭订阅杂志的人，但据我所见，出现在邮亭的顾客，十有八九是去买烟买酒或者问询旅馆价格准备住店的。我好多次看到，他们中的一位，乐呵呵地骑上邮亭外停着的小电动车，或者开上长方形格子内最靠近邮亭的天蓝色的微型车，陪来人越过向阳大道去旅馆。

　　邮亭就耸立在安居南路街口的第一棵大叶榕树底下，每当有树叶飘落下来，他们总是第一时间提起放在玻璃门旁边的扫把和铝制小撮箕，一扫把一扫把地将落叶扫进撮箕，等环卫工人骑着小车摇着铃铛出现在街口，便提上小撮箕将垃圾倒进环卫小车里去。因此任何时候，邮亭外的大叶榕树下都是干干净净的。

如果我记得没错，邮亭是在医院开门大吉之后才耸立起来的。那时候，另一头的滨河路还没筑通，安居南路还是条断头路，路边还是大片的荒野，零星散落着几户人家，房屋之间是大片的菜地，立着几棵老树和竹丛。滨河路筑通后的某一年，路边的人家先后被迁走，老树和竹丛被砍掉，菜地被围了起来，围墙之内很快耸立起一栋高楼，那是县中医院的新院区。新院区建成以后，旧院区里好些科室搬迁了过去，我所在的科室变成了旧院区里所剩无几的留守者之一。新旧院区相距不超过三百米，有若干次，因为新院区里同事的邀约，我脱了白大褂，随着街边往返穿梭的人流，步行到新院区的高楼里会诊，有时候是看望在那里住院的亲朋，同样的，我也有若干次邀请新院区里的同事，回到旧院区来，为我所在科室的病人会诊。

我注意到，不知什么时候，新院区门口也耸立起了一家邮亭，面街的玻璃柜子里同样摆满了花花绿绿的报纸杂志和各种烟酒，邮亭的玻璃门上还挂着一块硬纸壳做成的简易招牌，歪歪斜斜地写着"拐杖、车票"几个黑体大字。那也便是邮亭同时兼顾着的营生。新院区对面开着一家大型超市，从新住院大楼里出来的人大多去了那里，我经过的时候，从没见有人在邮亭窗口出现过，老板坐在邮亭里，头埋得很低，大约是在玩手机度日。

我去到过若干个大大小小的城市，走过若干条大大小小的街道，却从没见过哪一个城市哪一条街道像安居南路这样，如此短促的一条小街，却同时耸立着两家邮亭，兜售报纸杂志。它们随医院而生，但能否随医院一直存在下去，我却无法预言。

旧院区对面是天漏园。名字来自于本县的古称，因为这方地域向来多雨，古称天漏，为了表达人们心中的祈望，移"漏"为全，即为天全。天漏园以前是一座喷泉公园，面朝向阳大道和安居南路敞开着，白日里，好些大人牵着咿呀学语的小孩，在公园里蹒跚学步，黄昏来临，广场舞激越的音乐声响起，公园便是大妈们的天下了。公园隶属于紧挨其后的宾馆，经历过"5·12""4·20"两次大地震，喷泉就再没喷出过水，水池里的假山毁坏了，但水榭、曲廊和石砌小径还在，水池里依然蓄着水，借着重新修缮的机会，面街扎了围栏，从此封闭成了一处幽静的露天茶座。

夏夜的黄昏，我、杨一父、何文约了李晓奎一起去那里喝茶。烦热的夏季，我和杨一父、何文差不多每天都在一起喝茶，时间通常是从傍晚开始，直到午夜，空气中有了丝丝凉意。有李晓奎参加，那是第一次。我很早就知道李晓奎，并且在不同的场合见过几次面，但那样长时间、面对面坐在一起，还是头一次。

李晓奎是一位三轮车夫，得空的时候便写小说，最近刚刚出版了一部小长篇，我们就是为此坐到一起的。我们坐在一把大伞之下，伞是白天里遮太阳的，伞叶阔大，以致我们只能通过水池里的水看到天上的月亮和星星，倒也让我们能够安心坐在那里，而不担心天空什么时候突然"漏"雨。大伞下没有灯，月亮、星星和远处的灯光映在水中，折射到伞下，足可以让我们顺利地把握自己的杯盏，看清对方朦朦胧胧的脸——至少在我稍后一些时间赶到时，一眼就认出了李晓奎——那时候，他正利用说话的间隙，端着茶杯，咕嘟咕嘟地喝水。看到我，李晓奎赶紧将杯子从唇边拿开，放下，起身和我打招呼。重新坐定之后，又继续开始他的讲述。

那一夜李晓奎说了很多的话：莎士比亚、但丁、托尔斯泰……司汤达与《红与黑》、司马迁与《史记》、高尔基与《海燕》……读书、写作、文学名著……人类、人生、世界……这些词条，一个个，接二连三地从他的嘴里滑出，自自然然的，像醉酒者粗重的呼吸，像熟睡者清晰的呓语。李晓奎说他有一种如释重负的轻松感，在他的感觉里，在我们面前，他一点也不用掩饰自己内心的狂喜，因为终于有一本书出版，更因为终于有懂他的人听他说话。他所说的懂他的人，指的自然就是那一刻围坐在一起的我们。

渐渐地，我发现李晓奎有一个习惯：他喜欢一边说话，一边扬起双手在眼前挥舞；间或还会站起身，踏着急促的步子，不安地、没轻没重地围着座椅转圈儿。

李晓奎讲的，大多是他读过的书、亲历过的事情，以及他骑在三轮车上的思考。通过李晓奎的讲述，我对他的了解一下就增加了许多，归纳起来至少有两点：一是他写作的起因和动机，二是他多病的身体。还是在上中学的时候吧，李晓奎曾经爱上过一个女孩，用他的话说，是那种用了心血拼了命的爱，那女孩起初并没有拒绝他，可是后来有一天，女孩毅然决然地离开了他。李晓奎一度接受不了这个突如其来的现实，却不知道如何排解和发泄，后来他想到了写信，但他不是想挽回，只是觉得该让对方明白自己的心思。他一口气写了五封，每一封都是洋洋洒洒几千字，可那个人却一封也没回。第五封信寄出之后，李晓奎便彻底死了心。李晓奎的写作之路就是从那时开始的，他说，那时候他明明知道对方已经不爱了，仍然止不住要写信给人家，连他自己都有些诧异有些不敢相信，自己居然能够写出东西。他的第一部小说《逆子与绝爱》随即在脑海里成型。从此一发不可收拾。但李晓奎说他一直写得很慢，因为他的身体不好，他曾经病了十四年。用李晓奎自己的话说，他最美好的青春都是在病中度过的。到现在，他的身体依然不好，经常感觉头昏头痛，还胸口疼，尤其是在写作的时候，常常因为昏痛到无法忍受而写不下去。很多时候想起曾经的过往，他便禁不住想写，有好几次动笔，他都是一个人蒙着头，号啕大哭之后才坐到电脑桌前，郑重其事地写下第一个字的。

说到这里，李晓奎顿了顿，抚着胸口说，我们的祖先造了个词叫伤心，那个"伤"字连着"心"，真是个绝配。

在我的印象里，那是李晓奎第二次抚着胸口说"伤心"。第一次是在说到自己父亲的时候。李晓奎的父亲有一腔火爆脾气，李晓奎十六岁那年，驼背的奶奶在街上捡垃圾，奶奶站在如山的垃圾堆里，开垃圾车的师傅没看到，奶奶耳聋了很多年，也根本就没注意到有车开过来。等垃圾车师傅发现不对劲的时候，奶奶已经瘫软在车轮之下，没有了呼吸。奶奶的娘家人前来吊唁，对奶奶这么大年岁了还在街上捡垃圾从而死于非命提出了质疑。李晓奎的父亲闻之，抬腿就踢向了奶奶的棺木……李晓奎把自己的父亲简称为"他"："死者为大，入土为安，亏得他还是个孝子啊?!"话音未落，语声里便显出哽咽，一直舞动着的双手不由自主地捂向了胸口，仿佛真的被什么东西击中了。这也是《逆子与绝爱》中写到的一个部分，李晓奎说，到现在他都无法理解自己的父亲，无从解释自己的父亲为什么会有那样的坏脾气。在那之前，我从没读过李晓奎的作品，但通过他的讲述，我想我已经能够大体推测出《逆子与绝爱》所写的内容了。

那一夜，李晓奎还说了很多。从一开始到临近午夜时离开，基本都是他一个人在说，我们在一旁倾听。之前很久，我就知道李晓奎在写小说，但仅仅是知道他在写，以及他写过的一些题目：《小宇宙》《农民张顺》《大禹治水》《逆子与绝爱》等等。话别之后，看着李晓奎骑上三轮车在夜色朦胧的安居南路上消失，回想着他的话，我决定无论如何也要把他的作品找来读读，尽管我可能并不是一个合格的读者，尽管他的作品，可能并不见得多么适合我的胃口。

后来我又有很多次在医院里见过李晓奎。有时候是他载了客人来医院，有时候是他从安居南路经过，停了车，顺道到医院临街的卫生间小解。他微微低着头，目光盯着眼前的路面，听见我叫他，喉咙里"哦"的一声，算是回答了我。声音很低，像蚊蝇，像一声轻叹，头依然低着，径直无声地离开了，与我们一起在天漏园喝茶时完全判若两人。起初我以为是他没认出我来，几次之后，我就否定了自己的猜测。也许他本就是那样一个人吧，我想。毕竟，我们那次见面是在夜间，而且那还是我们之间第一次真正意义上的相见。

如果光阴可以分割开来，我愿意把它分成两半，一半属于白天，一半属于夜晚；如果仅就回忆而论，能够记起的是一部分，被我们忘却的是另外一部分，而且后者只可能更多；如果仅就眼见与否来说，我们目力所及的永远只是那么有限的部分，局限在狭小的范围内，更多的物事在我们的视线之外，在我们无法触及的地方存在和发生。我无从知道，在李晓奎眼中我是怎样一个人，但可以肯定，和我眼中的自己绝对不会是同一副模样。

我想起另一个午夜。我从向阳大道对面的一个小区里出来，路过街口时，邮亭里还亮着灯，亮汪汪的，像一座孤岛。刘老板一个人坐在邮亭里，丝毫没有要打烊的意思，不知道今夜，将会有多少位顾客光临他的邮亭。街上安静，灯火通明的邮亭里更安静。走到邮亭外大榕树下时，我停了一下，下意识地伸手摸了摸衣兜，兜里的火机和香烟盒都在，便收起已然迈向邮亭窗口的脚步。

刚过医院大门，便听见医院对面的宾馆门口有人在叫三轮车，声音忽高忽低，带着浓烈的酒气。走近了，才看见面前的大榕树下停着一辆三轮车，我刚想踏上路边的人行道，三轮车便开动了起来。安居南路四通八达，不知道三轮车将开向哪里。路灯幽暗，大叶榕掩隐下的三轮车里更暗，我走在三轮车后面，我们暂时走在同样的方向上，我没法看清乘客的脸，只能听见他的声音："开慢点，慢点！"没听见应答，三轮车却是收敛起了风驰电掣的疯狂，显得有气无力起来，就那么慢慢悠悠地向前爬行着。没有了风驰电掣的响声，乘客的话于是更加清脆更加明晰："前天晚上你睡沙发，昨天中午你还说身体不舒服，今天你又要睡沙发，那你说，啥子时间合适嘛？"停顿了一会儿，再开口时，声音突然变得高亢有力："去哪里？老子想去哪里就去哪里！"

我大致明白了，三轮车上的乘客是在和一个人通电话，对方应该是一位女性，他的妻子或者情人，他们在讨论两个人之间的那点事情，完全私密性质的，按理，也应该只适合在私密性质的地方完成，但他把它搬到了夜色朦胧的安居南路，带到了一辆缓慢行进着的三轮车上。

他的话给我提供了足够广阔的想象空间。我呆立着，可能一秒，可能十秒，具体多久不知道，但那一瞬间的呆滞是确定无疑、记忆犹新的。人活于世，活的无非就是一个又一个的瞬间。我见证了安居南路是如何一点点建成，又如何一天天繁华起来的，然后天天踏上它的地界，我以为自己已经足够熟悉它，但当我准备说出它来的时候，却发现它留给我的也不过就是一个又一个瞬间，连接在一起，竟也是长长的一串。一根被记忆的细线连着的串珠，铺展开来，可能比它实际的长度还要长。但再长也仅仅是我个人的，或者说是仅仅属于安居南路的，在更加漫长的时间史上，微细如沙，甚至比一颗沙粒还微不足道，还容易被人忽略。

三轮车上的乘客显然不知道，有个同样酒后的人在他身后。很明显，是夜色和大叶榕的双重掩护蒙蔽了他，让他误以为此时此刻，这里是他一个人的世界。这使得我无意间变成了一个无辜的偷窥者，心底忽然生出一种被剥光，或者撞见两个忘情的剥光者的慌乱和不安。赶紧逃也似的加快了脚步。走过第四棵大叶榕树，就是宿舍区，往右一拐，就跨进了宿舍区朱红的大门。

我回转身飞快地关上大铁门时，两扇大铁门相互碰撞了一下，发出响亮的哐当声，像猛地被人一巴掌拍在脑门上。站在门后，心扑通扑通跳着，被一种无法抑制无可名状的眩晕感包裹着，只感觉门外的安居南路就像是一条波涛滚滚的洪流，而我刚刚从洪流里脱身上岸，是个劫后余生的溺水者。

我依着铁门。三轮车声在门外越来越近，越来越清晰，又朝着滨河路方向渐行渐远……尔后，一切归于阒寂。

窗
外
的
灯
盏
路

1

　　站在宿舍临街一面的玻璃窗前，可以清楚地看见对面的楼房；如果把目光放远一些，还可看见更多高低错落的楼房，一栋挨着一栋，模模糊糊一大片；若将目光稍稍抬高，装进视线里的便是天全尽人皆知的落溪山。县城四周山峰环绕，落溪山不过是县城南面最近的一个阻挡，落溪山之后还有更多更高的山川，以及高高在上的天际。天气晴好的日子，夕阳从落溪山顶斜照下来，县城上空笼罩着一层绚烂夺目的光晕，梦境般虚幻。美是无疑的，却让人不得不对它的真实性隐隐地生出些许怀疑来。宿舍楼和对面楼房的天台四周，都头巾似的盖了一圈斜度不一的天蓝色琉璃瓦，使得棱角分明的楼房有了一丝温暖而柔和的古典气息。楼房之间隔着一条街，街的名字透露出同样的古典，叫灯盏路。街两旁种了行道树，夏日里，树枝上树叶浓密，遮天蔽日，打树荫下的人行道上经过，头顶便是一把把别致而浑然天成的遮阳伞；秋冬时节，大片茂盛的银杏树叶纷纷成了离枝的叶片，留下光秃秃的枝干，傲然挺立在日渐变凉的风中。任何时候站在宿舍楼的窗前俯瞰，灯盏路上的人影都一清二楚，甚至连他们的说话声也能够清楚地听见，但那人影和树影却在视线里无限地矮了下去。

我在这里住了已经不下十年。有多少次站在窗前看窗外不断变换的风景，我已经不记得了。十多年前我刚搬进来的时候，窗外还是大片稻田，稻田的边缘地带是茂密的竹林，掩隐着零零落落几户人家。午后或者黄昏，竹林上空炊烟缭绕，不知是谁家的狗被什么东西招惹了，疯狂地吠个不停。

那时候，我所栖身的宿舍楼还是"开发区"极少的几栋楼房之一。

那时候站在窗前，一眼就能瞅见稻田边缘的竹林，不远处奔流不息的河水，和更远处四季绿油油的青山。这是我乐于见到的场景，有声有色，动中有静，但更多的是静，像在午后的阳光里品味一盏新茶，或者欣赏一幅流动的水墨画。我喜欢这种静。有很多次，我被竹林中突然传来的狗吠声吸引，下了楼，踱步到村子里去。在主人的吆喝下，疯狂吠叫的狗乖乖地收敛了起来。主人的脸孔似曾相识，想来是在什么地方见到过的，他见到我，便热情地递上烟，招呼我进屋去坐。我一直没问他们的姓氏，他们大约也是不知道我姓甚名谁的，但这一点也没影响到他们对我的热情，一点也不影响我一次次地走进他们小小的屋子里去。

但是现在，这样的场景消失了。当我注意到的时候，我甚至已经不能准确地说出它到底是在什么时间，又是怎样消失的。在我还未注意到的时刻，更多的楼房耸立了起来，纵横交错的街道铺展了出来，竹林消失了，狗吠也再无处可闻。变化肯定不是一蹴而就的，但很多事情往往就是这样，只有当结果已然呈现在眼前时，才为我们所瞩目。之后，便只有空空的叹息。

2

宿舍正对面的楼房是县妇幼保健院新修的办公楼。妇幼保健院的旧址在沿江路街口，灯盏路上端往上，过三条街就是。那时候，妇幼保健院还叫作妇幼保健站。刚毕业分配到县城工作的时候，我曾在它药香横溢的"中药库房"里借宿过几个年头，在我搬进现在的宿舍楼以后的某一天，妇幼保健站也如影随形似的迁址到了灯盏路，成了妇幼保健院。它由"站"到"院"的升级，不知是否和办公楼等硬件的变化有关。

妇幼保健院面街开着三道宽大的双扇玻璃门，很多时候，只有右侧的一道往里开了一扇。白底黑字的门牌就竖立在左侧的第二和第三道门之间的立柱上。门框最右侧上角的墙壁上，支了一块不大的灯箱，一面贴着警徽，一面写着"警察"的英文字母。最初注意到小灯箱的时候，我只看到灯箱上的"Police"，没注意到另外一面的警徽，我认得二十六个英文字母，但它们组合在一起，我就认不大出来了。有一天傍晚，我陪女儿逛街走灯盏路回家，路过保健院门口时女儿注意到了那组英文字母，女儿刚读到小学六年级，顺口就念出了它的英语发音和汉语意思。我于是拉着女儿走近了看，这才注意到灯箱上另一面的警徽，还有灯箱右侧阔大的墙面上被一溜的绿化树掩隐着的公示栏，照片里的人身着警服，个个精神抖擞，都好像是在什么时间、在哪里见过的。我后来问过好些人，才确切地知道，"4·20"地震之后，县城派出所原来的办公楼被震成了危房，不得以从沿江路街口（和妇幼保健院旧址一街之隔的地方）借驻到了县妇幼保健院的办公楼里。但县城派出所具体是在哪一天搬来的，我问到的人都和我一样似是而非，只知道个大概了。

单单是大门口挂出的门牌，就足已说明楼房的所属和功用：楼房起先是专属于妇幼保健院的。每隔一段时间，就有成群结队的婴孩被大人搂抱着，或者坐上婴儿车被大人们推着，出现在灯盏路上。妇幼保健院的大门未开，人群便自觉地排起了整齐的队列，队列前面的人进去不一会儿就出来了。出来的时候，大人的双眼盯着怀里的孩子，身体摆成了摇篮状，嘴角间喃喃地发着低语，而怀里的孩子显然是受到了突然而至的强烈刺激，无遮无拦地吼叫着，惹得队列里原本安安静静的小伙伴们也跟着旁若无人地哭了起来。不大一会儿，一字排开的队列便在孩子们此起彼伏的哭号声里乱了套，散落成一个不规则半圆形，半圆形的中心便是保健院半开的大门。孩子们并不是每天都需要注射预防接种的针药，寻常时日里，除非上下班时间，妇幼保健院半开的大门里很少看见有人进出，孩子们的到来让妇幼保健院有了短暂的热闹，之后便又恢复了它清清静静的样子。

县城派出所搬进妇幼保健院办公以后，门口长年累月地停了两辆警车，车头有时候向外，有时候朝里，有时候会突然多出几辆警车来。妇幼保健院门口的警车多出来的时候，总是事先响起刺耳的警笛声，随即就可看见数量不一的警车飞快地开进灯盏路。车子一停，警笛便不再鸣响，但警灯依然不停地闪烁着。车上的人先后跳下来，其中就有被铐住了双手的人，他们耷拉着头，身体像是散了架，被警察拖拽着，晃晃悠悠地走进妇幼保健院的大门。这时候，不免有些无所事事的人闻风赶来，集结在妇幼保健院门口议论纷纷，大约是在猜测戴手铐的人到底犯了什么事，但终归只是无端的揣测，戴手铐的人消失在门口没多长时间，他们便没了兴致，纷纷转身离开了。他们离开的步伐缓慢而杂乱，一步步似乎都在表达内心的失望。但是，这样的情形并不是每天都可以见到，过了若干时日，当警笛又一次鸣起的时候，他们照例会闻风而动，趋之若鹜。作为看客，他们总是有着异乎寻常的热情。

3

那天，我是被一阵突然传来的喧闹声吸引到窗前的。时间应该是晚上八点以后。我之所以这么肯定是有依据的：我六点从单位下班，然后步行回家时，天色已经很暗；而窗外的喧闹声响起时，我已经吃过晚饭并且收拾好了一切，关了饭厅的灯，坐在客厅看那部很写实的电视剧《壮士出川》，电视剧每天晚上七点半开播，连播五集，窗外喧闹声响起的时候，第二集刚刚开始……声音响了好一些时间了还未停。中间突然爆发出几声近乎歇斯底里的哭喊。我一下就从客厅的沙发上站起身，奔到了饭厅的窗前。朝窗外看去，这一系列的动作是连贯做出的，中间没有任何停顿。饭厅的电灯开关就在客厅到饭厅之间的门框边上，顺手就可以搋开，可我压根儿就没想到去把它打开。后来感觉到屋里黑着的时候，脑海中曾闪过开灯的念头，但只是瞬间，我就放弃了。如果没有窗外街灯的映照，我置身的饭厅将是伸手不见五指的，这让我注视街面的时候有了很好的庇护，我因此感觉到了一

142

种莫名的兴奋，和在暗处无所顾忌地窥视他人的快感。

我首先看到的是三个人，一对年轻的夫妇和一个穿红色羽绒服的女性。他们面对面站着。年轻夫妇面向街道，我站到窗前的时候，正好看见年轻女子的手从年轻男子的腰间抽开，转而拽住了男子的手臂；穿红色羽绒服的女性面朝妇幼保健院大门，面对年轻夫妇不断地蹦跳着，因为和年轻夫妇隔着一段距离，她得以顺利地举起右手，食指伸直，手枪一样在年轻夫妇眼前不停地比画，头顶上蓬松的鬈发因为她不断的跳跃，摇曳出一道道不规则的波浪。年轻男子的手臂是在抬起之后被年轻女子拽住的，抬手臂是为了挡开红衣女人乱戳的手指，但他的手臂刚刚抬起，红衣女人便触电一般缩回了自己的食指，嘴里又一次大叫了起来："你还要打人吗？你们撞到了人还要打人吗？"年轻夫妇没有答话。第一次出击便扑了空，年轻男子显得很不服气，他盯着红衣女人，身体开始前倾，意欲再次扑向目标。年轻女子将一切都看在了眼里，她感觉到年轻男子身体前倾的力道，她束缚不了，于是果断地抽出了自己的手，将钳制的部位从男子的腰身转移到他随时可能再次使用的手臂上。

我从红衣女人的叫喊声和年轻夫妇断断续续的应答里了解到，他们站在一起是因为一起车祸，年轻的夫妇是肇事者，现场就他们三个，红衣女人无疑就是车祸中的受害者了。我同时还发现，吸引我走到窗前的那几声歇斯底里的叫喊是红衣女人发出的。至于她为什么叫喊，我也能判断出个八九不离十：那时候，他们应该是刚刚从出事地点赶来灯盏路，一起进到了妇幼保健院的大门里去，他们是去找警察解决问题，但警察见双方都很有精神气，看不出谁真正有伤，于是叫他们自行协商解决。像一块烫手的山芋，他们把它抛给了警察，旋即又被抛了回来，山芋在他们手里越捂越热，他们感觉到烫手的麻烦，都在想方设法地把它丢到对方手里。

谁都可以想见，警察要年轻夫妇和红衣女人自行协商解决，肯定不是要他们吵闹，也不是撒手不管。但红衣女人的焦躁和狂叫不断刺激着年轻男子，让人禁不住担心他会即刻挣脱年轻女子的束缚，扑向红衣女人。就在我感觉到危险随时可能降临的时候，一个警察迅速从玻璃门里窜了出来，墙一样立到了年轻夫妇和红衣女人之间。红衣女人和年轻夫妇同时怔了一下，似乎都在等警察说话，但还没等警察的话说出口，红衣女人便弓着腰，咆哮了起来。她躲过警察的阻挡，饿狼一样扑向了年轻夫妇。却显然忽略了一个很重要的因素：她在移动，警察也在移动，在这场无声的比武中，训练有素的警察明显占据了上风。当红衣女人把整个身体当作武器，向年轻夫妇发起攻击的时候，意外发生了：红衣女人撞击的目标变成了墙一样立着的警察，她娇弱的身体像撞上了弹簧，刚一接触到就被重重地弹了回来。随后，红衣女人的身体做出了一个慢动作：她踉跄了一下，脚步是站住了，可她似乎觉着不应该稳稳当当地站住，于是她的身体开始侧倾，双膝开始屈曲，她的身体一点点地靠向地面，最后，彻底地横放在了地上。

我是眼睁睁地看着红衣女人撞向警察，又慢慢地倾倒在地的。我注意到，就在头部即将着地的一刻，红衣女人迅速地举起右手，枕到头下，避免了头部与地面的直接接触。同时我还听到女人的红色羽绒服摩擦出的簌簌声，和骨头与地面接触时发出的清脆撞击声。红衣女人一动不动地躺在地上，嘴里的叫喊声刹那间停住了。窗外于是猛然间安静了下来。警察似乎感觉到了不妙，飞快地松开怀抱着的双手，向着红衣女人的头部伸去，伸到了半空时便停住了。我想他是要伸到女人的鼻孔前，探测她是否还在正常地呼吸，可就在这时，红衣女人的唇间突然发出高亢的叫唤："嗷呜——嗷呜——嗷呜——"警察的手僵了一下，随即迅速缩了回去，然后飞快地跑进玻璃门。

返身出来的时候，警察的身后跟着一位女警。他们跑步来到红衣女人身边，同时蹲了下去。"大姐，你先起来，地上冷。"女警说着，就伸出手去拉红衣女人。女警接连试了几下，都没能顺利将红衣女人拉起，只好迟疑着松开手，直起身，继续和红衣女人说话。红衣女人依旧横躺在地上，"嗷呜——嗷呜——"的叫唤声以既有的节奏不断发出，声调却是更高了。

这时候驶来了一辆摩托车，一个身着西装的男子没等车熄火就跳了下来，男子一边走向女人，一边掏出兜里的手机。男子低下头，低声和红衣女人说了几句什么，然后直起身来，开始拨打电话。从西装男子和红衣女人的亲密程度可以大致看出，他应该是红衣女人的亲人，丈夫或兄弟。我以为他俯下身是要拉起水泥地上的红衣女人，但他和红衣女人说过几句话之后就站到了一旁。肇事的年轻夫妇也一定以为西装男人会拉起地上的红衣女人，但是我们都失望了。西装男子直起身时，年轻女子急切地说了句："大姐，先起来吧。"西装男人一手握着已经举到耳边的手机，扭头瞟了年轻女子一眼，同时举起了另一只手，先是伸直食指，指着红衣女人，然后抬起手掌，接连摆动了几下，厉声说："别动，就那样躺着！"年轻女子只好噤了声，紧紧地挽着年轻男子的臂腕，静静地站在那里。作为事件的主要当事人之一，他们也被迫沦落为看客。只不过，他们和红衣女人同处在灯光照耀下的灯盏路，而我则身在他们谁也看不见的宿舍楼五楼——从始至终，没有人会想到我的存在。

西装男人一个接一个地打电话，挂断了一个又打通另一个，内容都是一模一样的。他把电话摁了免提，因此他说的话和对方的应答，我都听得一清二楚。

西装男人说："你在哪里？敏敏被警察打了！"

对方有些惊奇："被警察打了?! 在哪里？"

西装男人很肯定地回答："哦！在派出所！"

对方回答："晓得了！马上到。"

我同样听得一清二楚的，还有红衣女人（从西装男人的话语里可以知道，她的小名叫敏敏）的叫唤声，从躺下去的那一刻起，她就一直叫着，丝毫没有一点要停下来的意思。在西装男人的电话里，她的叫唤无疑是最好的背景音，让电话那头的人一听就明白了。

西装男人的电话还没结束，他电话邀约的第一个人便赶到了保健院门口。那是一个着白羽绒上衣的妙龄女子，开一辆越野车。她把自己的坐骑停在了最靠近警车的地方，形成一道有效的屏障，如果警车即刻要出警离开，那几乎是没有可能的。白羽绒服女子甩动着腕间的坤包跳下车来，西装男人站在红衣女人的身旁，抬起手臂指了指保健院的门口，像交警指挥交通，身着白羽绒服的女子显然是看惯了那个手势，身体微微一转，心领神会地跨进了保健院的大门。

西装男人还在继续打电话。他就那么立在夜晚的灯盏路上，立在红衣女人身边，来的人看到他，纷纷沿着他所指的方向走进了妇幼保健院的大门。他们看到了西装男人，却似乎没看到地上躺着的红衣女人，没听到红衣女人持续发出的叫唤声。因为距离和视角的缘故，我看不到他们进到保健院之后做了什么，也听不到他们的声音，但我看到了保健院宽大的玻璃门，院内明亮的灯光将他们不断闪动的身影投射到玻璃上，恍惚间，像是在观看一部无声的动画。

西装男人终于不再打电话了。他扭过头，和地上的红衣女人嘀咕了几句，也转身奔进了保健院的大门。不久之后出来几个人，他们嘀咕着，骂骂咧咧地走向红衣女人。他们刚赶过来的时候看到了西装男人，却对躺在地上的红衣女人和她的叫唤声视而不见，置若罔闻。或许是西装男人进去提醒了他们，因此他们对红衣女人说话时就显出了不少抱歉和怜惜的成分："敏敏，你先起来，地上冷。"说着，便七手八脚地扶起了红衣女人。红衣女人也不答话，依然以既有的节奏"嗷呜——嗷呜——"固执地叫唤着，但此刻面对一双双伸向自己的手臂，她没再拒绝，而是顺势站起了身，在人们的搀扶下顶着蓬乱的头发颤颤巍巍地走进了保健院的大门。

我站在窗前，看着红衣女人的身影一点点隐没在保健院大门的光影里，成为无声动画的一部分。突然感觉到了没趣。我动了动因为长时间站立而变得有些麻木的腿，转身回到了客厅。

显然，事情发展到这里远未结束，它最终会朝什么方向发展，又将酝酿出怎样的结果，谁也无法预知。可就是在这个节骨眼上，我回到了客厅。这样一来，这起完整的事件我便只看到了它前面的部分，余下的部分也许更加精彩，也许平淡无奇，却都是整个事件不可分割的有机组成，但在我此刻的记忆中，只剩大片的空白段落。像初学写作时讲出的蹩脚故事，刚一开始便匆匆结束了。

即便是站在宿舍楼五楼的玻璃窗前看灯盏路，纳入眼底的也不只是妇幼保健院。

右侧是广电南路。它横靠在灯盏路上端。那是"开发区"出现之后，县城渐渐兴起的饮食一条街，一家挨一家的特色火锅店、烧烤摊、羊肉馆，街面上一年四季停满了各色车辆，任何时候步入广电南路，都能见到喝得歪歪扭扭的人从街边的馆子里出来，摇晃着身体钻进停在路边的车子里去。

灯盏路与广电南路相交的地方长了几棵参天大树，四季擎着繁茂的枝叶。从宿舍楼上看过去，首先呈现在视野里的便是那几棵树，然后才是树影间隐约可见的饮食一条街。不时有风吹起，吹动树叶的同时，顺带也将阵阵食物的香气送进鼻孔，不断地刺激着人的味蕾，考验着人对美食的抗拒力。

左侧是安居南路。它与灯盏路呈"T"形相交，路口旁边是紧挨着妇幼保健院而立的县卫生局办公楼。楼前是一块扇形的开阔地。白天，开阔地上稀稀拉拉地停着几辆车，车头一律向外，朝着扇形的中心——两条街的交叉口；黄昏一来，车辆是早开走了，开阔地便成女性们的天下，她们身着健美服，脚穿舞鞋，站着整齐的队列，随着音乐的节奏，欢快地跳着舞。

起初，她们似乎都有些紧张，肢体明显地显出僵硬和不协调，整体看过去，那舞姿就显出杂乱和无序；时间长些之后，她们就旁若无人起来了，那舞姿于是舒展开来，人变得投入了，动作也整齐划一了。她们使用的音乐是由一部老旧的手提式录音机发出的，录音机就摆放在卫生局办公楼门前的水泥台阶上，像一块黑匣子。我看不清录音机的牌子，但能够听见黑匣子发出的声音，时而舒缓，时而强劲有力。

音乐声不再响起的时候，浓而重的夜色已笼罩了天际，街灯唰唰地次第亮起，照得灯盏路白昼般明亮。

震
生
————
『4·20』芦山地震杂记

◇

【小引】继 2008 年的汶川特大地震之后，2013 年 4 月 20 日，大地震再次袭击川地，地点是同属巴颜喀拉地块的雅安。天全、芦山、宝兴，这三个历史上曾有过千丝万缕联系的县份，因为地震，又一次紧紧地连在了一起。

李梅和青达

李梅是外一科的一名护士，二十刚刚出头的年纪，地地道道的天全人。

青达来自甘孜藏区，今年整整五十五岁，一个典型的康巴汉子。

李梅和青达，怎么看都是互不相干的两个人，怎么看也都不会相信两人之间会有故事发生。但世上的事偏偏就是这么凑巧，因为阴差阳错的机缘，原本互不相识的两个人，竟就在"4·20"之后的某个时刻，相遇了。

具体的时间，李梅现在是无法确切地说出了，但当时的情形，她却是记忆犹新、历历在目。那是大地震刚刚过去不久。那时候，李梅已经和同事们一起，将住院大楼里的病友们转运到医院外的空地上。因为一切来得太突然，叫人猝不及防，又因为匆忙，等大家清点完科室内的病员人数，确定所有病员和家属都安然无恙之后，却发现有好些病友没来得及取出自己的床单和被子。李梅和同事们于是返回住院大楼三楼，到库房里为病友们取。李梅是第一个赶到的。她打开库房的门，进到库房里的时候，身后的同事们也赶到了。李梅让同事们站在门口，她一件一件地将被子和床单递到他们手中。同事们拿到被子和床单，先后离开了。李梅锁好库房的门，抱着被子和床单也准备离开。她刚刚转过身，住院大楼又一次剧烈地晃动了起来。李梅不得不收回已然迈开的脚步，抬起双手，试图扶住墙壁。李梅的手伸到半空中，楼房的晃动就更加剧烈起来，她的双脚失去了重心，人和怀抱中的被子、床单一起，重重地跌倒在地。李梅努力着，好不容易才站起身来，可她的左脚刚刚触地，一阵钻心的疼痛便让她不由得蹲下了身。大颗的汗珠立时爬满李梅惨白的脸。楼房还在摇晃，不知道到底什么时候才能停下来，也不知会不会在哪一刻轰然倒塌。

后来李梅说，那一刻，她真想大哭一场。可是她顾不上哭。李梅说，有个词叫千钧一发，她以前感觉是那么陌生那么模糊，但在那一刻，她算是深深地体会出它的含义了。

李梅强忍着腿部的疼痛，终于又一次站起来的时候，一个人的身影出现了。"快——"李梅听到一个急切的声音在说。与此同时，一个瘦削的背已像山一样呈现在李梅伸手可及的地方。她迟疑了一下，顺势趴了上去。

这一幕，多像是精心设计的电影场景，既惊险曲折，又跌宕起伏。但如果真是电影场景的话，接下来的一切，就明显地缺少了电影设计应有的悬念，落入俗套了：

在住院大楼持续的摇晃中，李梅听着楼房发出的剧烈怪响和身下越来越重的喘息声，很快就来到了医院大门外的空地上。

同事们纷纷围拢在李梅身边，查看李梅的伤情。拍片是暂时不可能的，但凭李梅因为疼痛而愈发苍白的脸和腿部的畸形，已足以让同事们断定，李梅的腿骨折了。

等同事们为李梅进行完简单的处理，却找不到背送的那个人了。

青达是半个月前来医院的。他的弟弟在修自家的房屋时不慎被突然垮塌的房梁砸伤了左肩，左侧的锁骨粉碎性骨折，当地医院拍了片子，却没法医治，只得转院来了天全。青达曾经是个货车驾驶员，天南地北地跑了几十年，真正称得上见多识广。他的弟弟是个喇嘛，基本听不懂汉话。青达陪着弟弟来医院的第三天，医生便为他弟弟做手术接上了断掉的锁骨。再过两三天，就将拆线，之后就可以出院回家休养了。

弟弟的病日渐好转，青达的空闲时间便多了起来。没事的时候，青达就在医院里四处走动，遇上需要搭手帮忙的，就毫不迟疑地走上前去。在青达看来，人身上的劲不像兜里的人民币，使了总是还会有的。因为很多次看到青达在帮别人的忙，不久前到医院指导工作的一位老师还以为他是医院后勤上的工作人员，几次请他帮忙搬运东西，青达总是爽快地答应，一次也没拒绝过。

弟弟的伤在肩部，走动是不成问题的。那天住院大楼一开始摇晃，青达便扶着弟弟以最快的速度下了楼，站到医院大门外的空地上。弟弟安全了，青达便放心地返回了楼里。有人跌倒了，他立马伸手拉起来，有人走不动了，他立马就抓到背上，背起来往楼下跑。

青达第五次返回住院大楼的时候，原本热热闹闹的大楼已变得空空荡荡。病房里、走廊上、楼梯间，到处是人们来不及拿走的东西，到处是一片狼藉。青达的脚步刚刚迈上三楼的那个拐角，住院大楼便又一次剧烈地晃动了起来。他不得不停下脚步，双手扶着楼梯扶手站在那里。就在这当口，青达看到一个身着白大褂的女子，怀里抱着被子和床单，在不远处的走廊上拼命挣扎着。他定了定神，不由分说冲了过去。看到那女子几近铁青的脸和满头的汗水，青达知道她一定是受伤了。青达感觉到了，那女子其实有些不愿意，但在青达的坚持下，最终还是趴上了他算不得宽阔的背。青达于是背着她，飞快地冲下了楼。

后来，青达又去那女子休息的地方瞧过几次，想看看还能帮上什么忙，但见医生们已经在那女子的腿上缠上了绷带、固定了夹板，青达便知道已经没自己的事了。

是一个同事认出青达来的。那同事是外二科的一名护士，得知李梅受伤的消息，跑过去看望。李梅和同事正说着话，突然一下从病床上坐了起来，伸手指着不远处站着的青达。青达的弟弟就住在外二科病房，整个外二科，没有一个不认识青达的。但同事不知道李梅要干什么，就把青达叫了过来。

这下轮到青达不知所措了。他看不出此刻两位护士需要帮什么忙，更搞不清她们叫住他要做什么。怯生生地走上前，却见躺在床上的那女子猛地抓住了他的手，眼里早已浸满了泪水……

那一刻，李梅是真的哭了。

站着的废墟

这个四月注定要住进天全人的记忆。

这个四月的焦点是"4·20"大地震。大地震的震中在芦山，一个与天全毗邻的县份，历史上并不久远的某个时期，芦山曾经是天全的一个部分，同样毗邻的宝兴也是，直到现在，三县民间还流行着"天、芦、宝，一家人"的说法。

震中是一个纯粹的地震学概念，一个令地震专家们瞩目的点。但是，世上任何一个点从来都不是孤立存在的，任何一个点，都可以属于无数条线、无数个面。每条线、每个面之间看似互不相关，其实是紧密相连的。比如我所在的天全。"4·20"地震的发生，又一次让它和芦山、宝兴紧紧地连在了一起，仿佛三个同甘共苦的难兄难弟。

孙静，是一个新闻记者，她来自遥远的浙江。"4·20"发生之后，她闻风而动，以最快的速度来了四川，来了天全。她打天全县城走过，看着县城里的很多房屋都挺过了地震，看上去"完好无损"。在县城里，她还目睹了两个新人的婚礼。婚礼从来都是件严肃的事情，婚期是老早前就定下了的，还必须有烟花和鞭炮。这是天全人的规矩，祖祖辈辈都这样，新人们想改都改不了的。可在孙静看来，既然县城的房屋"完好无损"，那就说明"受灾并不严重"，可她忽略了，县城并不是天全的全部，天全还有好些个乡，好些个村；且在孙静看来，面对大地震所致的大灾大难，却有人热热闹闹地举行婚礼，与四处弥漫的悲伤气氛不协调，完全有悖常理。她似乎从没想过，在

154

大灾大难面前，保有一颗快乐的、积极向上的心，实在比单纯的悲伤不知强多少倍。

孙静依据自己的所见所思，写出了一篇报道，被很多天全人看到了。我是听身边人说起孙静和她的报道的，听到之后，我也禁不住溜进网络，在孙静的文字报道之后留下一句话："以点概面、浮光掠影都是睁眼瞎的表现，极不负责任的。"在天全人的话语习惯里，"睁眼瞎"是句骂人的话，也不知孙静是否看到，进而看懂我的话？

在孙静之后，又有很多记者来了天全。有位记者到过天全县城的老城区，小河、仁义、新华、老场等多个乡的多个村子（不知道为什么，孙静没去这些地方），看到那些地方的大多数房屋确实都还挺立着，但屋瓦大部分都掉落在地，碎了，房架也是将倒未倒的样子，站在远处或者高空看，依然还是完整如初的样子。后来这位记者来了医院，采访了我的几个同事。在采访同事的过程中，这位记者提到了他在乡村的见闻，并随口说出了这个词，我在一旁，只听一遍就记下了——站着的废墟。

也许，所有的废墟都应该是站着的，如果躺下，那就该变成坟墓了。

从最初到最终

眼前的照片显示的是两个白大褂的身影，背景是乳白色的篷布。大约是拍摄时为了保持照片所需的视觉美感，照片上的两个人被有意地摆放到了角落。靠边的那个人戴着眼镜，双手正抓住一个人的脚踝，牵引着，略显佝偻的身体正使着劲，呈现出向后倾倒的姿势；靠近中央的那个人微微地弯着腰，双手停在同事牵引着的那只脚踝上，双眼盯着自己的手和病人的脚踝。

我一眼就认出来了，照片拍摄的是李涛在为病人换药的情形。照片上的李涛没戴口罩，他的脸因为双眼专注于病人的脚踝，而显得聚精会神，表情严肃，配合着他习惯性的寸头，整个人十分的精神；站在旁边，为他牵引病人脚踝的，是一位来自黑龙江的同事；而照片上的乳白色背景，则是搭建在医院空地上的临时帐篷，篷布有红、蓝、白几种颜色，李涛当时所在的是一顶乳白色的帐篷。

我手捧着报纸，坐在医院大门外的空地上，头顶是刚刚搭建不久的钢架凉棚，阳光透过红色的篷布打下来，凉棚下的一切尽显出红艳艳的色彩。有些虚幻，梦境般不真实。这时候，不远处再次响起了救护车的警报声。凉棚下的人不约而同地站起了身，我在其中，觉得此刻的自己就是一名战士，救护车的警报就是冲锋号。我冲出凉棚，却没想，一下就撞见了李涛的脸，和照片上比起来，有一丝显而易见的疲惫。见到我，他笑了一下，伸手揽住了我的肩膀。

李涛一笑，让我恍然想起十多年前，他刚刚到医院上班时的情形。那时候，他还是愣头愣脑的毛小伙。他个头不高，却很结实，身上的肌肉一块块的，棱角毕现，整天活蹦乱跳的，没事就往其他科室里窜，哪里有他出现，哪里就是一片欢笑。很快就有个女同事注意到了李涛，私下里还给李涛起了个外号，叫"中国的施瓦辛格"。同事们都说那女子对李涛有意思，李涛倒是一副满不在乎的样子，依然没事的时候就各个科室里乱窜，碰上那女同事，也依然嘻嘻哈哈的。不久之后李涛就结婚了，对象却不是那个女同事。

李涛发现自己的身体出毛病，是做了父亲以后。他最先是感觉腹部闷胀，然后是恶心欲吐，一吃东西就更厉害，后来是上腹部持续的疼痛。李涛不得不去医院，让自己也变成了个病人。这一去的结果吓坏了很多人：肝细胞癌，中晚期。同事们谁也不相信这是真的，可它偏偏就变成了事实。

那是 2010 年秋天。确诊之后，李涛就毅然决然地进行了肝大部切除，之后是化疗，反反复复进行了 8 次。第二年夏天尚未过去，李涛就返回了医院。同事们不解，要他好生休息休息再说，他却说："我在吃药的啊。"为了打消同事们的疑虑，他一边说着，一边就掏出兜里大把的药片。

还有更骇人的事情：因为长期服药，药物的副作用开始折磨李涛的身体，一天晚上它再次发作的时候，李涛从床上跌落了下来。着地的时候头狠狠地砸在地板上，经 CT 扫描，发现颅内有两处近乎对称的血肿。

这事就发生在不久前。李涛在医院里住了一些时间，刚一好转就从市里的医院出院回来了，回来了却没在家休息，而是回到了科室。

报纸之所以把李涛作为主人公进行报道，原因就是他的肝细胞癌和颅内血肿。

报纸同时注意到另外一个事实：李涛是个病人，但他也是个医生。"4·20"地震发生的时候，李涛正坐在办公室，参加科室例行的晨会。随后，他就和同事们一起转移病人。再后来，他便把自己变成了一个"火线医生"，不停地在临时病房里穿梭。这一干，就是连续三十多个小时……

但有一点报纸上没能体现出来，想来也是报道的撰写者没法注意到的：从患病到地震发生，人们从没听见过李涛喊叫一声，哪怕是一声轻微的叹息。谁都知道癌和化疗意味着什么，李涛明显是在隐忍，我不敢肯定如果换作是我，是否也能像李涛那样？

我这样说，不是要对李涛不顾自己的身体坚持上班的做法表示似是而非的认可和赞扬。我只是觉得，在如何活的问题上，李涛比我们看得更深远更透彻。所谓向死而生，其实是在警醒我们，活着就该活出自己的精彩，从生命的最初到生命的最终。唯此，也才不枉我们长长短短的一生。

实在没有什么比这更重要的了。

龙康无限志愿队

光看字面就知道，龙康无限志愿队是一个志愿者组织。

龙，特指刚刚过去的龙年（2012 年），也暗指中国；康，既有健康的意思，也是这个志愿队的组织者名字当中的一个字；无限，则是爱心无限的简称。这是龙康无限志愿队的发起者杨康鹏自己给出的解释，也可以说是他发起这个志愿组织的初衷。

龙康无限志愿队成立的时间，是在 4 月 20 日上午，地震发生后几个小时。后来医院里来了更多的志愿者，但统统只能算作他的后来者了。这和龙康无限志愿队的组织者有关，因为杨康鹏自己也是个病人。算起来，他已经在这里住了近两个月，已经可以四处走动了。杨康鹏说，他本来是打算再过两天就出院的，可偏偏这个时候发生了地震，这彻底打乱了他的计划。4 月 20 日早上，帮着医生们把病友转移到住院大楼外的空地上以后，杨康鹏要成立志愿队的想法便产生了。他找来一块硬纸板，从护士那里要了几根消毒用的棉签，蘸上墨水，在上面写上"龙康无限志愿队"几个大字，又在硬纸板上穿了细铁丝，悬挂在帐篷上，志愿队便正式宣告成立了。

志愿队最初的服务项目是为需要的人们提供手机免费充电，地震之后，通讯曾经中断了很长一段时间，好些人正急着和自己的家人联系，龙康志愿队为人们解除了无处充电的后顾之忧。但组织者杨康鹏很快就感觉到，仅仅提供免费充电服务太单一，于是又从一些捐赠者那里搞来了拐杖和轮椅，需要的人可以随意使用。再后来，又增加了免费为病友们订餐、送餐和"一切公益联络"，地点也随病员们一起转回了住院大楼的病房里。

龙康无限志愿队的存在引起了来医院采访的记者们的注意，注意的对象当然是它的组织者杨康鹏。面对记者的话筒和摄像机，杨康鹏操着很纯正的普通话，讲他为什么要成立志愿队，讲他个人在地震中的见闻，中间夹杂着他自己的腿伤和对医院以及医生们医术的赞扬。他口齿伶俐，一开口总是滔滔不绝。有好几次，采访的记者不得不中途打断，他才停下来。

杨康鹏住院的早期，是他母亲在医院照顾。地震之后，他便将母亲打发回了家。杨康鹏有一副高高的个头，健壮的体魄，因为腿上的伤尚未完全恢复，走起路来，一瘸一拐的。从我注意到他的时候起，他就穿一件红色的 T 恤，着一条花短裤，头上戴着一顶带有志愿者标志的红色大檐帽。4 月 20 日之后，有过大晴天，也有过暴雨天，这身装束，从没见他换洗过。即便是初次来医院的人，仅凭这身装束，都能一眼认出他来，保准错不了。

后来的一天，我和杨康鹏有过一次较长时间的交谈。龙康无限志愿队这个名字的来历，我便是由此知道的。除此而外，我还知道杨康鹏曾经结过一次婚，不到一年就离了，具体的原因杨康鹏没有说，我自然是无从知道，也不便刨根问底地去探究了。我问起他的腿伤，他抬起伤了的那条腿，要我帮他检查检查。他说要我帮他看看的时候，抬起的那条腿突然间抖动了起来，说出的话竟有些哆嗦，与面对记者的镜头比起来，完全判若两人。

他说："医生，谢、谢谢你！"

我以为他说的是我刚刚查看他的腿伤，笑了笑："应该的么！"

他看着我，脸颊已经涨红了起来："不是！真要，谢、谢谢你，允许我在病房里贴广告、堆东西，谢、谢谢你！"

我这才明白他的话。从地震棚里转回住院大楼以后，他打印了志愿队可提供服务的项目和联系电话，张贴在楼道口和他所在病房的门上，又把不知从什么地方弄来的轮椅、拐杖等器材堆放在了病房里。日日在病房里进出，这一切，一开始我就看到了，但我没去制止，也从没想过要去制止。

震　生

一进入四月，曹妙就开始掰着指头掐算日子。一天，两天，三天……如果不出意外，她的孩子将在这个月上旬降生。想着自己即将成为一个孩子的母亲，每一次掰着指头，曹妙的心就忍不住扑通扑通地狂跳，似乎即刻就要破胸而出。

作为一个年届二十三岁的女子，很早的时候起，曹妙就自然地知道，自己总有一天会成为母亲，但当这一天果真就要来临的时候，曹妙还是无法抑制住内心的情绪，隐隐的，有些激动，有些幸福，还有些莫名的紧张。

就是那个一遍遍掐算过的日子，就是那个无数次设想过的日子。曹妙为孩子的到来预备了多种可能的仪式，满心期待着孩子呱呱坠地的一刻。对日子的计算，已为人妻的曹妙一直是确定无疑。

四月是说到就到了，可肚子里的孩子却丝毫没有要出来的意思——是在等待什么？还是太过眷恋母亲温热的子宫？或者是像那句古话说的，好事多磨？曹妙不由得犯起了嘀咕，但她弄不明白。

为了孩子更顺利地降生，曹妙只得早早地住进了医院。也是到了医院，经过医生们的反复检查之后，曹妙这才彻底地放下心来。

等待是折磨人的。一天等于一个世纪，对于这句话，曹妙曾经深表怀疑，可是现在她信服了，有时候，她甚至觉得一天比一个世纪还要漫长。

好在，这样的等待终归是有期的。

好在，这个"期"，曹妙很快就等到了。

4月20日。天还没亮，曹妙的肚子开始出现不同于往常的动静，她感觉到自己等待已久的那一刻即将到来。她把自己的感觉告诉医生，得到的是医生肯定的答复。那种激动、幸福和紧张相互交织的情绪更加强烈地填满了曹妙的胸腔。

8点刚过，医院的楼房突然摇晃起来，曹妙的脑海顿时一片空白。曹妙经历过"5·12"，清楚地知道地震是怎么一回事，她无论如何也不敢相信，肚子里的孩子左等右等，等到的竟然是又一场可怕的地震。医生们也经历过"5·12"，他们知道，面对曹妙和她即将出生的孩子，他们该做些什么。楼房的摇晃刚停下，医生们便架起曹妙，一步一步，小心翼翼地走到楼下。

楼下的空地上早已挤满了人，一张张，都是惊魂未定的面孔。眼看着曹妙肚子里的孩子即将降生，医生们迅速将曹妙转移到车棚，车棚里停着的车辆已经被移开。现在，那里就是曹妙临时的产房了。

曹妙一躺下，一堵由白大褂们围拢而成的人墙随之无声地竖了起来，密不透风。

9点52分，惊魂未定的曹妙终于听见一声长长的啼哭，孩子顺利地降生了。那一刻，曹妙的脸上亮晶晶的，有大滴大滴的汗水，也有一颗颗不断滑落的泪珠。看着身边的孩子，曹妙如释重负。

后来，曹妙听很多人说起，自己的宝宝是地震之后全雅安出生的第一个孩子。她想了想，随后给孩子起了一个响当当的名字——震生。

曹妙的决定惊动了媒体，她和孩子的事很快登上了报纸和网络，被很多人看到。尽管人们没法亲眼见到曹妙和她的孩子，但却因此记住了，公元2013年4月20日，有个初生的婴孩，她的名字叫震生。

看见太阳，才知道哪里是东方

聂警官大概怎么也不会想到，他会成为一个科室的负责人。时间就在2013年4月20日，大地震发生的当天。他所负责的病区叫临时急诊病区。

这个决定是地震后几个小时，第一次全院中层干部紧急会议上做出的。那时候，聂警官其实已经从专事下肢骨折手术治疗的外三科，抽调到刚刚设立的临时急诊病区，接诊了一个又一个地震伤员。与之同时成立的，还有急诊预检分诊处、临时手术室和各科室在街边搭建的相应病区。

临时急诊病区就设立在医院大门外的草坪上，由十多顶天蓝色的民政救灾帐篷组成，病区的办公地点则是在草坪临街的一角，几架凉棚之下，那是成都一家民营公司第一时间送来医院的。折叠式的铝合金架子，深红色的篷布，棚顶上还打着那家公司的办公电话和经营的主要产品，如果不是紧挨着病区，且有白大褂在棚子里坐着，人们一定会以为那是叫卖东西的摊点。伤员送到医院以后，首先被送到预检分诊处，经过初步检查，凡是需要住院观察的，一律收入临时急诊病区。因为医院所有的中层干部都有相应的工作要做，也因为聂警官曾经参加过 2008 年"5·12"汶川大地震的现场救援，而且，那时候他已经身在临时急诊病区，这个"火线科主任"自然是非他莫属了。

聂警官本是医学院五年制本科毕业，之后被分配到公安系统从事过几年的法医工作，后来为了更好地照顾妻子和孩子，主动申请调动到医院，做了一名实实在在的医生。聂警官的妻子在毕业后也分到了医院工作，医院里的大部分同事在他调动之前就互相认识，都顺理成章地叫他警官，或者在前面加上他的姓氏，叫聂警官。即便他调进医院工作了，这个习惯依然改不了。似乎也是因为习惯成自然，对于这个称呼，聂警官从没觉得有什么不妥。

接近一米八的个头，背微微有些驼，鼻梁上架着一副近视眼镜。说起话来声音很细，语速不紧不慢，生怕别人听不明白似的。如果不是因为彼此熟悉，谁也不会相信，他曾经是个专事惩治坏人的警官。

对于医院的决定，聂警官双手一背，镜片后的双眼突然睁得很大。医院领导以为他是有什么意见，却没想，聂警官猛地把头一昂，就吐了两个字："要得。"之后就转身回到临时急诊病区，正式走马上任了。要得，是一句典型的方言，就是表示赞同，没有任何意见的意思。聂警官说要得，既是表明他对干好医院安排的事情有足够的信心，也是他在为自己打气，明白无误地说出他一定要干好的决心。

为了更好地做好地震伤员的救治工作，医院从各科室抽调了精干的医护人员，归由聂警官统一指挥和协调。聂警官把同事们分了小组，每个小组负责管理一部分床位，而管理的内容，首要的自然是伤病的治疗，其次是伤员和家属们的吃喝拉撒。从接受任务的时候起，聂警官就带着同事们不停地在帐篷间穿梭，查看伤员或者为他们分发食物。因为医院手术室无法正常工作，对于那些急需手术治疗的患者，聂警官还得做家属的工作，在最短的时间内安排他们转院。

聂警官是芦山县思延乡人，天全是他现在工作的地方。这一点，同事们是在医院的工作渐渐回复正轨之后，才猛然想起来的。也就是在这个时候，同事们才知道，除了年迈的父母，聂警官还有兄嫂和一双侄儿侄女，一直住在老家的木头房子里，大地震让聂警官老家的木头房子垮塌成了一堆干柴，瓦砾满地，聂警官的侄女被压在了倒塌的房屋底下，他的父母和兄嫂刨了半天，才终于将侄女救起。地震发生当天，聂警官往老家打过几次电话，因为通讯中断，都没打通。后来通讯畅通了，聂警官却忘记老家的事了。最后，是被救起的侄女想到自己的叔父可能还不知道家里的情况，主动发来了短信。得知自己的父母、兄嫂和一双侄儿侄女安好，聂警官眼里噙着的泪水忽闪了很久，聂警官强忍着，终于没让它滚落下来。

临时急诊病区是在震后第六天（4月25日）早上撤销的。这时候，病区收治的伤员大部分已转到了雅安和成都，剩下的部分要么是轻伤，用不了多久就将痊愈出院，要么是坚决拒绝转院，要求在这里治疗的。按照医院要求，这些伤员也都已经一一转收到了相应的科室。到此，临时急诊病区的使命便结束了。

送走最后一个伤员，聂警官走出临时急诊病区时，红色凉棚之外已经熙来攘往。聂警官不由得直起沉重的腰身，长长地舒了一口气。这个四月的早晨，明媚的阳光早早地爬过东边的山巅，照耀着小城。也就是这个时候，聂警官才恍然记起，这是他 4 月 20 日之后，第一次看见阳光。望着渐渐空荡起来的天蓝色帐篷，聂警官只感觉浑身有一种如释重负的轻松。

余　震

4 月 20 日是星期六。

女儿很早就起了床，然后坐在沙发上看动画片。正看着的时候，楼房突然晃动了起来，与之相伴的是门窗的破碎声和破碎之后跌落在地的怪异声响，整栋楼房仿佛随时可能被撕裂。学校里，老师很多次讲解过地震知识，还特地进行过几次地震逃生的演练。楼一开始晃动，女儿就知道是地震了，女儿知道自己必须争分夺秒，于是以很快的速度冲下楼，跑到了楼下一处开阔地，等摇晃终于停下来的时候，女儿才发现自己的手里还握着电视遥控器……

以上这些细节，是女儿后来告诉我的。说这些细节的时候，女儿还住在楼下的地震棚里。4 月 20 日以后，女儿就一直住地震棚，说什么也不肯回家。

我问女儿："为什么不回家呢？有爸爸妈妈在，不用怕的。"

女儿回答："有余震。"

又说:"街上很多人都住地震棚里,你们也该来住地震棚。"

女儿说的是千真万确的事实,时间不知不觉已进入五月,仍不时有余震发生,街上仍随处可见地震棚,每一个地震棚里,都挤满了惊魂未定的人。

我真不知道该怎样对女儿说才好了。

垭口上

出家门，逆溪头沟而上不足两百米，折身爬上那个陡峭的坡，就是垭口上了。

在溪头沟人的话语里，"垭"字被读作一声。脆生生的，有一种别样的美感。不信你听听：垭口上——，垭口上——。

很久以来，垭口上一直是溪头沟人去往县城的必经之地，也是溪头沟人歇脚的驿站。很久是多久？我说不上来。我能够说出的，是打我能记事的那一天起，垭口上就已经存在了。那时候，每每父母进城，垭口上，便是我们望眼欲穿的地方。我们在溪头沟边玩耍，或者下到溪头沟里摸鱼，或者什么也不干，就那么站在那里，不时朝垭口上望一眼。直到那里出现恍惚的人影，直到那人影一点点在视线里变大变清晰——最后看清了，哦，那正是我进城返家的父母。

如果走近了看，垭口上其实就是一块十平米的平地。光秃秃的。

一些杂草刚刚抬起头就被踩踏得没了脾气，干巴巴的，黄了，枯了。不知道在它们最初抬起头来的时候，见着平地旁边那些繁茂的伙伴，是否为自己庆幸过？而当一双又一双大脚踩过来，踩得它们遍体鳞伤的时候，它们是否感到过疼痛，感叹自己生错了地方？

平地上胡乱放着几块石头。却没有石头应有的棱角。圆鼓鼓、光溜溜的，如果够凑巧的话，你伸手摸一下，还可以感觉到上面热乎乎的。那是某个路人刚刚坐在它上面歇脚时留下的体温。当然，我说的只是它们露在外面的部分。陷进泥土的部分我没有见到过，自然说不出个所以然来，因此我猜不出，作为一块完整的石头的一个部分，它们是否也感受过温暖？但我又想，说不定，在紧紧相依的泥土里，它们体会到的温暖反而更深刻更持久。谁知道呢？

石头间是杂乱的鞋印：橡胶水鞋的，胶鞋的，钉子草鞋的，布鞋的，偶尔还可以见着皮鞋的。26码的，36码的，42码的……说不清码数的。重重叠叠，杂乱无章。鞋印间躺着些烟蒂：叶子烟的，过滤嘴香烟的，平嘴纸烟的。如果你到的时间足够巧的话，那些烟蒂有可能还冒着依稀的烟雾。但在呼呼刮起的风里，那几缕细弱的烟雾，很快就飘散得无影无踪了。

稍稍长大一些以后，我就跟着大人，翻过垭口上，下过垭口那边陡峭的、似乎永远也望不到头的坡，去往县城。后来是我一个人。再后来，我便经过那里，到外地念书，然后在县城里长久地驻扎下来。

两年前，在顺着溪头沟的方向修了机耕道，进出溪头沟的路于是变得平坦，溪头沟里的人们便很少愿意再爬那个陡峭的高坡，下那延绵不绝的坎。每次得知我要回去，父亲总免不了要事先打来电话，说："不要翻垭口上了——路荒！"

现在，我站在溪头沟边，望着垭口上。

这是春天。那块平地也该是绿草如茵了吧。

长安家的老木屋

长安家的老木屋是五间名副其实的木头房子。脸盆粗的木头柱子，清一色的木板墙壁、木制门槛、木格子窗户。站在屋檐口下抬头仰望屋顶和它连着的天空，冷不丁就有一种强烈的眩晕感，猛一下将你击中，让你觉着自己就那么矮小了下去。五间房子呈"L"形排列，三间正屋向着溪头沟流去的方向，两间偏房则与溪头沟平行着耸立在那里。"L"形对着的两边，一边是青石垒就的半人高的围墙，上面种了些四季常绿的"鬼筒槽"，另一边是高高的土坎，土坎上面就是溪头沟人过往的大路。围墙靠近大路一些的地方有一个不大的缺口，那是"四合院"的龙门口。四合院就叫黄家院子。

老木屋到底有多老？大人们说，那是长安的爷爷从父辈上继承下来的，而后传给长安的父亲，再后来就传到了长安的手里。长安的爷爷九十多了，如今仍健在。这样算来，长安家的老木屋起码也有百岁高龄，是真正的老木屋了。

长安和我生于同一年、不同的月份。我们两家相隔不到一里地，从小，我们就一起玩耍，地点在我家，或者黄家院子，或者溪头沟里我们能够到达的地方。在黄家院子的时候，我就时常站在长安家高高的屋檐下，抬头仰望高高在上的屋顶，盼望自己快些长大。

长安小学毕业后就没再继续念下去。我上中学的一个假期，已经在外修了几年汽车的长安跑来找到我，要我去他家玩。同去的还有几个溪头沟同龄的伙伴，在老木屋二楼属于长安的那个房间里，长安说起他喜欢的一个女孩，要我替他写封情书。我这才知道，长安为什么那么早就辍了学。我不答应，他们几个就扬言要脱掉我的裤子，说着，就开始动起手来。老木屋的楼板于是在我们的脚下发出轰咚轰咚的声响，一些烟尘受惊似的，缥缥缈缈地升腾而起。

这些都是旧事。那封情书我后来还是硬着头皮写了，但情书的接收者是谁，我现在已经不记得了。我知道的是，长安后来娶的，并不是那封情书的接收者，而是他修理汽车时认识的一个女子，矮矮小小的，很精致的一个美人儿。娶了那个美人儿之后，长安便再没去修理汽车，而是回到溪头沟，和美人儿一起，住在那栋百年老屋里。

谁也不会想到，长安家的老木屋会在这个春天，因为一场突起的大火，瞬间消失。

那是几天前的事。据说，老木屋冒起浓烟的时候，三四里地外的春云家正在办喜酒，整个溪头沟的人差不多都去了。看到黄家院子上空的浓烟，人们纷纷丢下手里的碗筷和酒杯，丢下不明就里的新郎和新娘，迅速聚集到了黄家院子。

据说（也是据说），最初发现大火的人即刻就拨打了"119"，但通往溪头沟的机耕道不好找也不好走，消防车从县城出发以后，一路走走停停，问了好几拨人终于赶到时，老木屋早已在冲天的大火中轰然倒塌。

这是这个春天溪头沟里发生在同一天的两件大事之一。计划总是赶不上变化，既定的事总是要让位于偶然事件。

下面接着说那条路。以前，那是凹凸不平的崎岖山道，现在是铺着碎石、宽敞许多也平坦许多的机耕道。我听从了父亲的话，这次回去，没再翻越垭口上，而是叫了一辆车，绕过一个近乎圆形的弯，走机耕道，直接就到了家门口。

车过黄家院子的时候，我看到了长安。在老木屋空旷的老地基上，背的，抬的，砌砖头的，扎钢筋的……男男女女，人来人往，忙忙碌碌。大都是些我熟悉的面孔，有几个年岁小些的，我虽叫不上名字，但通过他们脸上的棱角和模样，我依稀能够知道那是谁家的后人。在这个将逝的春天，他们撇下自己手头的活计，来"相伴"长安家（无偿帮长安家的忙）。这也许是他们唯一能做的事情了。我知道，换了他们中任意一家遇到这样的事，也会是这么个情形。

长安在最靠近机耕道的那个角落，正清理着刚刚买回的钢筋。嘴里叼着一支烟，还不停地说着什么，有些歪斜的脸上隐隐约约浮现着笑意。

我推开车窗，探出头去和长安打招呼。长安叼在嘴角的半截纸烟猛一下滑落了下来，脸上的笑意于是更浓了。仿佛刚刚烧毁的不是他的百年老屋，仿佛，他不过是众多的"相伴客"之一。

看着长安，我想我应该有许多的话对他说，可一见到他的笑脸，我就再没吐出一个字来。

从此以后，长安家的那栋百年老木屋，我是再也看不到了。

看茶叶在杯中浮沉

到家的时候，父亲正在打扫院坝。这个春天的阳光照在父亲身上，在不远处的水泥地上映出一个隐约的影子，随着父亲的走动变换着模样。我们的车还没停稳，父亲就甩开手里的扫把，一路小跑着来到了跟前。我清楚地听到父亲喉间的呼吸，呼啦呼啦的，急促而重浊。随后，一家人就坐在屋檐坎上，在这个春天难得一见的阳光里，杂七杂八地说话。一边说着，父亲拿出我专门为他买回去的茶叶，提起火炉上早已滚开的水壶泡茶。他取茶叶、提水壶的动作一如既往，慢吞吞的，像电影里被修剪加工过后的慢镜头，和杯中无声浮沉的茶叶有着相似的步调和韵味。

这是父亲一直以来的习惯了：凡是与茶有关的事情，父亲总是十分细心。而且，父亲从来不喝自己种植加工的茶叶（不是不喜欢，而是要通过喝别人的来寻找自己加工工艺上的毛病。每年留下准备自己吃的那些茶叶，到后来总被亲戚朋友们拿去了）。父亲还是个茶农的时候就是这样，现在他明显老了，这个习惯依然改不了。

在其他的事情上，父亲表现出的却是完全相反的一面。就说供我们读书吧。溪头沟里和我们一般大的孩子，大多读到小学或中学就辍学了，父亲不，父亲总是想方设法地让我们读下去。尽管为此他几乎借过溪头沟里所有可以借到的钱，尽管那些债务，直到我们参加工作以后，父亲才从我们给他的零花钱里抠出来，一点点还清。

另外一个更加典型的例子，就是父亲成为茶农的经历了。二十世纪八十年代初，"年产承包，责任到户"的风终于吹抵溪头沟。从此，各家各户都有了自己的田和地，可以想种什么就种什么，想怎么种就怎么种了。溪头沟人的兴奋自不待言，父亲也不例外。但父亲的兴奋劲没持续多久，就被一个艰难的选择取代：太阳山那一百多亩茶树像烫手山芋，乡村干部们想尽了各种办法，也没能够找到一个心甘情愿接管茶园的人。于是他们想到了父亲——更早些年头，作为生产队长的父亲带领乡亲们种下了那些茶树，伺弄它们一截截长高，长出一片片绿油油、可以加工饮用的茶叶。

那时候，父亲大约还是我现在这般年岁，二十多年过去，我和弟弟妹妹都长大了，纷纷从父亲身边走开，父亲也渐渐地老了。

结束茶农生涯的时候，父亲特意从他精心伺弄了多年的茶园里移植了三株茶树，栽种在龙门口旁边的土堆上。没事的时候，父亲就看着它们，为它们除草、施肥。从此，除了那三株茶树，那个土堆就再也见不到其他的植物生长了。年前，为了重新铺平院坝，那个土堆被铲平，三株茶树没有了合适的空间，被父亲拔掉了。

父亲泡好茶，侧身坐下。我扭头看了他一眼，眼前猛地浮现出罗中立那篇名叫《父亲》的油画。父亲不知道罗中立，因此父亲不可能知道我此刻想到的那幅画。我在想，是不是所有的父亲到了一定的年岁，就都会趋于近乎相同的模样——他们的脸会不由得变黑，曾经饱满亮堂的额头会横生出一道道醒目的刻痕，就像罗中立的那幅名画，就像我身边坐着的，我的父亲。

我和父亲都没有说话。这么些年来，我发现我和父亲之间越来越没有可说的话题了。有些事情，比如每次回去我总要带上最新上市的茶叶，他不说我也知道去做，比如上次他翻盖屋瓦的时候摔伤了脖子，我请了十天的假，想好好陪陪他，可没过三天，我就回去上班了，因为我好几次发现，父亲悄悄地站在不远的角落，瞅着无所事事的我，目光黯然。

我端起茶杯，喝了一口已经发凉的茶。平整一新的龙门口上，没有了那三株茶树，看上去就有些空荡了。

又是春天，采茶的好时节。父亲还会想起他的茶园来吗？

隔着田埂相望

我眼前那两块蓄满水的稻田，幽幽地泛着粼粼波光，风一吹起，映在稻田里的老屋和屋旁的那些树木竹林，晃晃悠悠的，仿佛经不住风的抚摸似的。我迟疑了一下，最终还是将双脚迈了出去。刚踩在那条新近修整过的田埂上，便被水面的波光一晃，我猛地一个趔趄，那田埂也跟着颤巍巍的，像是承受不了我的体重，即刻就要垮掉了。我赶紧飞也似的，一股脑冲了过去。

冲过去，我就站在王一文家的龙门口上了。

"存刚——，走了！"十多年前，王一文就是站在我现在站的地方这样叫我的。听到他在叫喊，我便从我家的晒坝边上向这边望一眼，如果看见他，我就跨上那根田埂跑过来；如果没见他了，我就从我家的龙门口出去，抄大路去追赶他，然后一起去十几里外的那个乡村中学念书。

此刻，王一文的家门无声地紧闭着。春日几近正午的阳光轻轻地静静地洒下来，那栋显得有些破旧的房屋，看上去就有些斑斑驳驳的了。四周很静，仿佛听得见阳光洒落下来，风抚摸树枝和竹林的声音。我望了望刚刚走过的田埂和田埂对面的家。我知道，那根田埂是再也不能承受我笨重的身躯再次走过的了。于是抬眼看了看王一文家依然紧闭的大门，转身走大路折回了晒坝。

我和王一文从小学起就是同班，加上那所乡村中学的三年，我们做了至少八年同窗。八年过后，我幸运地跨过了"独木桥"，而王一文除了更加本分的性格，什么变化也没有。是的，本分，至今我仍不知道用怎样的词汇来代替才合适。在溪头沟，"王本分"这三个字，取代"王一文"成了他的另外一个名字。不管大人或者孩子见到他，"本分啊"或者"王本分"地叫一声，然后才继续与他的谈话，很多时候根本没有谈话，只是招呼一声而已。即便是你真的想和他谈谈什么，也只能是你自己说，他不会有多余的话——除了不时地嘿嘿一笑，间或嗯嗯啊啊地吐上一两个字，表达他的赞同或者反对。

王本分这个名字最初是在那所村小里给人起的。他不爱说话，又不喜欢和大家一起玩耍。就有人"本分本分"地叫他，他甚至没表示过一点反对和不满，于是大大小小的同学就都叫他"王本分"了。为此，老师特意将他安排在第一排。一天，班里那个大个子突然出现在了王一文的位子上，王一文怕老师责问，就去拉大个子的衣服，要他回到自己的座位上去。大个子说，好啊，除非你和我坐在一起。不得已，王一文只好乖乖地和大个子一起坐在了最后一排。老师来上课的时候，见王一文的座位空着，而大个子原本一直一个人坐的位子上多了一个头埋到桌子底下只露出了弓形肩背在上面的人，不时有叽里咕噜的声响在安静的教室里响起。一向威严的老师随手抓起黑板刷，向那两个弓着的背重重地投了过去。事后老师说，他投出去的黑板刷本是投向大个子的，可就像撞了鬼一样，偏偏投向了王一文！更像撞了鬼一样的是，就在那一刻，王一文恰巧抬起头来了。于是，那块从老师手里飞出的黑板刷，带着对大个子"恨铁不成钢"的愤怒，与王一文本就黑瘦的脸来了个重量级的亲吻，王一文的脸上立马就留下了个大大的口子，鲜血如注活像一张涂满口红的嘴。

看着王一文脸上的血不住地往下淌，我们都被吓坏了，个个张着嘴，好像在跟着老师练习读"a"时的口型，随即就有文具盒、书本掉到地上的声音，桌子凳子被掀翻而后相互撞击发出的声音，以及此起彼伏的尖叫声在教室里回荡。老师愣了一下，但很快就冲过去，抱起王一文向村里那个赤脚医生家里跑去。在此过程中，王一文始终没哼哪怕一声，躺在老师的怀里被抱出去的时候，我甚至还看到他向我吐了一下舌。我至今一直没想清楚，他那一下吐舌是因为脸上的疼痛，还是因为终于可以钻进老师的怀里，抑或就是因为想吐就吐了。

　　这是王一文留在我记忆中最清晰的一个动作，除此而外，我能够记起的就只有他一直黑瘦的让人看不出表情的脸，就连在他的脸被老师的黑板刷打破后的几天，他的父亲母亲扬言"饶不了"老师时他的哭也是无声无息的。他到底是不是没哭出声我不知道，这事是他在事后的第二天早上给我说起的，但他的哭击碎了他父亲母亲要问罪老师的企图，却是我知道的事实。他给我说起这事的时候，我在想，如果他真的哭出声了，我是能够听到的，他家和我家只隔了一根田埂，在夜晚的溪头沟，这距离是吞不下王一文的哭声的。因为就在那之前不久的一天晚上，我曾经清楚地听到他家传过来的几声呼喊："王有兵打死人了！"王有兵是王一文父亲的名字。我记得我是刚刚入睡后被这声音惊醒的，我跑去堂屋问正和父亲商量什么事情的母亲："妈，哪个在喊哦？"母亲把我搂在怀里，说道："小娃娃家，别管闲事！"然后我就在母亲的怀抱里睡着了。第二天上学的时候我问过王一文昨晚上他家谁在叫，王一文看了看我，欲言又止。我看着他有些惊奇的表情，等他回答，可他却飞也似的跑远了。因此我相信王一文的话，他是真的没哭出声音来的。

　　因为这次事件，因为他的父母逢人便说王一文被老师的黑板刷打伤一事，说自己的儿子"太本分了""傻的"，王本分的名字很快便从学校传遍了整个溪头沟。

脸上的伤好后，王一文就又回到了学校，那位老师也一直教完我们的小学，一直到我们毕业。

站在老家的晒坝边上，王一文站在他家的龙门口上喊我的样子就又浮现在眼前了，但是，除此而外，关于那三年，我脑海中竟然再没有哪怕一两件清晰的事情，王一文和我一起度过的那三年时间几乎成了一段空白！

我在外求学的时候，王一文就结了婚。他经人介绍在我求学的那个城市郊区找了个据说很"脱白"（注：漂亮之意）的姑娘，做了个"倒插门"的女婿。后来又听人说，那个很脱白的姑娘给王一文生了个白白胖胖的小子，王一文买了辆车跑起了运输……零星听到这些的时候，我已经从那个城市毕业，在县城找了个可供生计的工作，然后和王一文一样结婚、生子。

当我站在王一文家的龙门口然后再返回老家的晒坝边上，当我望着王一文家无声地紧闭着的大门，内心里渴望着见到王一文的时候，我已不能肯定，十多年没见了，王一文是否还是那副黑瘦模样，是否还是如当年一般"本分"，是否还记得当年站在田埂对面唤我上学时的情景？甚至，他是否还记得我这个儿时的伙伴？……这些问题像谜一样在我脑海中盘旋了一整个白天，在晚饭时的餐桌上终于被解开。

"你怕是撞鬼了？他在土巴头！你找他？"在与几位家族老辈们一起吃饭时的餐桌上，我趁着酒兴，问起王一文的时候，母亲以异乎寻常的速度抢过我的话头这样回答我。然后那几位老辈便你一言我一语地讲起了王一文和他爹、他爷爷王篾匠的事——他们不知道，我其实不太关心王有兵和王篾匠，我只在意王一文。在他们七嘴八舌讲着的时候，我清楚地记下了王一文的死亡过程：就在前不久，已经是两个孩子父亲的王一文开着他那辆为他挣了不少钱的大卡车回溪头沟看王有兵，同行的有他最小的弟弟、妻子和小女儿，车开到溪头沟半路便没能继续前进，他那辆可以装下几吨货物的大卡车，却架不住一个小石块的挑逗，向一个悬崖飞了出去，车和人一起被摔得面目全非……末了，老辈们无一例外地感叹：狗日的王有兵，报应啊！

我举着盛满烧酒的土巴碗僵在半空中，泪水在我的眼眶里打转。

然后，我开始大碗大碗地敬几位老辈的酒，然后我就什么也不记得了，只记得我后来做了个梦：王一文朝我不停地吐舌头，不时嘿嘿一笑，我不停地喊他，可他像是没有听见我的呼喊，一直没搭理我……

第二天早上，就要离开老家返城的时候，我又站在老家的晒坝边上，隔着那根田埂，望了一眼王一文的家。和昨天不同，那两扇高大的木门有一扇向屋里开着，几只肥硕的母鸡若无其事地进进出出，只是依然不见王一文家人的身影。因为是在清晨，空气里弥漫着浓浓的乡村三月的气息，老屋旁边的那些树刚发的新芽上缀满了露珠，将落未落的样子。微风一起，我面前的那两块稻田里那些刚刚返绿的秧苗纷纷展开了笑脸。溪头沟的又一个春天已经悄然降临了。

那根田埂，和它连着的那段岁月，贯穿了我童年和少年的所有记忆。在那个三月的中午，过往被颤巍巍的田埂一晃过后，一一醒来。尽管从此以后，我极少有机会再站在老家门前的晒坝边上，但作为我的乡村的一个小小的部分，我对它早已稔熟于心。至今，我还有不少的乡亲在那个叫溪头沟的村庄里生活着，而我却只能生活在溪头沟给我的印记里。

太
阳
山
记

1

　　父亲坐在门槛上，将啃了个大缺口的"火烧子馍馍"含在嘴里，弯下腰，伸手放下被露水浸湿的裤管。经过昨夜柴火的烘烤，又放置一夜过后变得硬邦邦的裤管，因为刚才去菜园的路上招惹了菜叶和路边的花草树木，此刻又失去了它的硬度，皱巴巴地贴着父亲长满蚯蚓样血管和汗毛的腿。父亲将裤管一层层往脚踝展开，那些弯弯曲曲的蚯蚓和乱七八糟的腿毛就一点点地被遮盖起来了。随后，父亲随手拿起蛇皮一样搭在门槛上的布条，从脚踝开始，一圈一圈往小腿肚缠绕，最后逮住布条末端连着的两根细细的布绳，在小腿肚后交叉向前，在靠近膝盖的地方打了个结，将布条和裤管死死捆住。可他似乎还不放心，又从刚刚打上的那个结开始，从上到下，挨个扯了扯布条卷曲的边。这才从胯下拿出他的钉子草鞋，将已经绑得严严实实的脚放进去，逮住鞋帮子上那两根更粗些的布绳，从脚踝开始，前后交叉着缠住布条，将两根绳子的末端死死地拴在一起。确定无误之后，父亲直起身，伸出双手在眼前不停揉搓了几下，又啪啪地拍了两下，接着又揉搓几下，再啪啪地拍了两下。一切停当之后，父亲取下已被口水浸湿了一大块的"火烧子馍馍"，鼓足气，使劲吹了两口，似乎那上面有很多刚才还来不及吹掉的灶灰，然后一大口啃下去，咔嚓一声，脆生生的，像嚼下酒用的花生米，那块"火烧子馍馍"上顿时又出现一个更大的半圆形缺口。

嗑哧，嗑哧，嗑哧……吱呀——……轰咚，轰咚，轰咚……父亲穿着钉子草鞋，走过堂屋里凹凸不平的水泥地面，推开卧室的门，踩着卧室木头地板走到床边，父亲的手还没接到被子，我就醒了。父亲于是又啃了一大口"火烧子馍馍"，一边嚼一边说："你再不起来，我就走了！"父亲声音含含混混的，像舌头不灵便似的。说完就转身走了出去，我在一串轰咚，轰咚，轰咚……嗑哧，嗑哧，嗑哧……的声响里一骨碌爬起来，窗户纸上那个小小的破洞里投射进来的一股太阳光线不偏不倚地照在我脸上，我移动了一下自己的头，才勉强睁开眼。睁开眼，一束探照灯一样的美妙光柱就呈现在我眼前了，一颗颗尘埃相互拥挤着向上升腾，飞飞扬扬，无声无息。不知道它们是否一直在屋子里，一直在无声地呻吟，或者它们原本还静卧在地板、床铺或者其他它们可以停留的地方，因为父亲弄出的响动惊扰了它们，让它们不安地逃跑？

我用了好几分钟的时间才摆脱那束光柱和那些尘埃的吸引。此时，父亲正坐在堂屋里那张雕满老旧花纹的餐桌旁，一手往桌上放喝得精光的土巴碗，一手往嘴里送最后一小块"火烧子馍馍"。见我起来，父亲伸手抹了一下胡子拉碴的嘴，抓起桌上另一块还带着灶火温度和灶灰的"火烧子"递给我："走，走咯。"吞下嘴里"火烧子馍馍"和"菜泡子"的混合物，顿了一会儿，父亲又说："再不走就赶不上了。"

我猛一下从尚未完全退却的睡眠欲望里彻底醒来，在父亲的注视下飞快地穿上衣服，又伸手接过他递回我手里的馍馍，在他那钉子草鞋节奏分明的响声里，跟着他跨出了家门。

2

父亲要带我去的，是他伺弄了多年的茶园。

我五岁那年，父亲从生产队承包下了村里原先属于集体当时无人问津的茶园，"年产承包，责任到户"，人们期盼已久的"拥有自己的土地"的愿望终于变成了现实，他们可以一心一意耕种自己的希望了。土地可以种植玉米、大豆，种植稻谷、马铃薯，以及任何人们想种植就种植的东西，唯独不需要茶树，茶树结不出玉米、稻谷，只长茶叶，茶叶是填不饱肚皮、喂不大牲口的。于是，太阳山那一百多亩茶树就成了人们和乡村干部眼里的烫手山芋，乡村干部们想尽了各种办法也没能够找到一个心甘情愿接管茶园的人，后来他们想到了我父亲——更早些年头，作为生产队长的父亲带领乡亲们种下了那些茶树，伺弄它们一截截长大长高，然后长出一片片绿油油可以加工饮用的茶叶——在他们眼中，父亲是继续管理茶园最合适的人选。于是他们以每年几百元的承包费作为诱饵，对我父亲说，除了你，再没有更合适的人选了，承包费嘛，就表示一下。尽管那几百元的承包费后来因为茶园日渐看好的前景，以超过当年物价若干倍的速度年年递长，可父亲没有丝毫犹豫，就让乡村干部们如愿以偿了。我那时还是个懵懂的孩子，这些细节，是我后来通过父亲和人们之间的零星话语总结、提炼出来的，我的回忆和父亲当年接手茶园一样，很是不得要领。多年以后我问过父亲，当年为什么要接受那块烫手山芋，父亲没有正面回答我的问题，只是说，难道就让它荒芜下去么？

茶园的所在有个相当诗意的名字：太阳山。父亲说过，那里一年四季都有很好的阳光。不知道这是否就是这个名字产生的原因。我一直没弄清这名字是谁的手笔，也不知道它定于何时。就此我不止一次问过父亲和村里最年长的老人，可没有人能说出它哪怕是简单的生平来。除了有自己的名字，太阳山和溪头沟里其他那些无名的山川一样，古老，来历不明。事实上，太阳山还有另外一个名字：花果山，它的来历与当时热播的电视剧《西游记》和我的一位远房堂哥有关。那位远房堂哥，高高的个头，黝黑的脸蛋，粗粗的手和腿，在父亲接管茶园以后就一直跟着父亲一起打理。我不喜欢孙猴子，它太狡猾，这一点最令我讨厌了，而我的远房堂哥那么高高大大的，我不能理解，人们为什么要把他和瘦小而狡猾的孙猴子扯到一块儿，我更不明白，好端端的太阳山干吗要叫这么个恶心的名字呢。那时候，不管大人还是小孩，见面总是爱讲到《西游记》和孙猴子，《西游记》和孙猴子是溪头沟最流行的话题。看人们如此热衷，我不由心里对自己不喜欢孙猴子产生了动摇。有很长的时间，我怀疑父亲洞悉了我的想法，要不，他怎么总不让我和他一起去太阳山，去他的茶园呢？父亲说，你去做啥哦，写你的作业，我晚上回来检查。我一直是个听话的喜欢读书的孩子，那些作业对我从来都是小菜一碟，手到擒来的。事实上，父亲每天天不黑不回家，回到家也总是吃罢晚饭就呼呼睡下了，检查作业成了空口白话，也是父亲唯一未对我兑现过的许诺，但每一次我说要和他一起去太阳山的时候，他总是这么说，仿佛太阳山是个少儿不宜的场所，害怕我沾染了一<u>丝</u>不良习气，或者那里弥漫着某种具有强烈传染性的病毒，我一靠近，就会中毒似的。

3

我拿着"火烧子馍馍"跟着父亲跨出家门，就被铺天盖地的阳光笼罩起来了。直到此刻，我仍然不敢相信，父亲是真的要带我去他的茶园，直到爬到家对面那个小小的山坡，走过几条岔路，向着通往曲曲折折的山路尽头的太阳山那条独路进发时，我才确信，父亲是真的要带我去茶园。

父亲的脚步开始时很快，不一会儿就将我甩出了老远。在家对面的那个山坡顶上，父亲似乎发现了有什么地方不对劲，猛一下转过身，看到身后老远的半山腰正气喘吁吁的我时，父亲笑了。那样的笑容，我只见过两次，另外一次，是在我后来顺利考去了一所中等专业学校拿到录取通知书的那天<u>晚</u>上。随着嘴角的抖动，豆大的汗珠滴滴答答地从他的脸上滚落下来，父亲的笑说明他发自心底的高兴，说不定，他还想起了"不听老人言，吃亏在眼前"的乡村古训，父亲从来不对我说这话，但我坚信他那时一定想起来了。

我气嘟嘟的，加快步伐向前追赶。更多的汗珠从父亲的脸上、从他长着茂密的胡子林的嘴角滚落下来，但父亲依然没有说话，只是笑。见我走拢了，便收住笑容，转过身，继续向前走去，脚底下的钉子草鞋不时碰到路上的小石块，发出齐嗑齐嗑的声响，低低的，像极了家里那部只剩下一个喇叭在响的老旧收音机里唱出的残缺乐章。我和父亲保持着不到五步的距离，踩着这乐曲的节奏，我能感觉到，父亲的脚步在时缓时急地变化，那要不是又在爬坡或者上一个更高的坎，要不就是我又在不觉中被父亲甩远了。我又被父亲甩远的时候，父亲就又停下来，吧嗒吧嗒地抽烟，看着我，嘿嘿地笑。

站在茶园那茅草搭就的屋檐下，父亲的笑容忽然消失得无影无踪。他手搭凉棚望了望眼前那一梯梯梯田一样的茶园，抹掉脸上不住地滚落下来的汗珠，然后在柴油机的轰鸣声里去屋里走了一圈，出来的时候，他头上冒着热气，我的头上也冒着热气，我和父亲头上的热气像两块正在蒸饭的饭蒸。我学着父亲的样子，抹掉不断滚落下来的汗珠子，手搭凉棚望向远处，首先映入我眼帘的是那梯田一样的茶园，接着是覆盖其上的阳光，那阳光严严实实地覆盖在太阳山上，覆盖在一梯梯排列整齐的茶树身上，然后又横着向躲在屋檐下的我挤压过来。

父亲摸了一下我的头，指着身后一个高大的身影对我说，叫二哥。那就是父亲和乡亲们反复说到的我的远房堂哥，他的个头甚至比我父亲还高，手臂上的肌肉一块块条索分明。我抬头望着他，除了黝黑的脸，我想象不出，人们为什么把他和孙猴子联系在一起，在他面前，我瘦瘦的胡子拉碴的父亲和更瘦小的我才更像孙猴子呢。远房堂哥也像父亲一样伸手摸了一下我湿漉漉正在冒着热气的头，转过身，继续去伺候正在柴油机的带动下不断飞转的茶叶加工机了，他滚烫的手掌烙铁一样，硌得我头皮生疼。后来我才知道，我的那位远房堂哥和我同岁，我弄不明白，他为什么没和我一样去上学，却要跟着父亲待在太阳山这个鬼地方，而且还被人们给取了个"孙猴子"的外号。

4

在太阳山，我第一次目睹了从茶树上采摘下来的新鲜茶叶，是如何在机器的轰鸣声和不断飞转的烘干机里变成轻飘飘干瘪瘪的茶叶成品的。那些茶叶成品被父亲装进大麻袋，背到几公里外的茶叶收购站，经过一双双眼睛和手掌的估量，被划分成不同的等级，然后在收购员们意味深长的笑容里，换成一叠数目有限的人民币。这时候，在父亲的再三央求下，那几位茶叶收购员跟在父亲身后，像我跟着父亲去太阳山一样，保持着一定的距离，向乡场上最好的那家餐馆走去，当然，他们不会听到来自父亲脚底的钉子草鞋发出的美妙乐章，在跨进茶叶收购站的大门以前，父亲早已将他的钉子草鞋藏了起来。父亲知道，钉子草鞋发出的美妙乐章是仅仅属于溪头沟、属于太阳山的，在乡场上，它不会有听众。从餐馆出来的时候，不胜酒力的父亲怀揣着余下的人民币，黝黑的脸上泛着红晕，脚步也变得不再稳健，轻飘飘、东倒西歪的，像踩着松软的棉花。余下的那些钱，父亲将在另外的日子买回大米，满足一家人一日三餐，或者存着为我和弟弟妹妹交来年的学费。

那是我唯一一次去太阳山，去父亲的茶园，从那以后，父亲就又和以前一样，以我早已不用他挂心的作业为由，拒绝了我要再去太阳山的请求，父亲这方法后来又用在弟弟妹妹身上，像一副灵丹妙药，被父亲见"病"就使，而且每每药到"病"除，尽管我和我的弟弟妹妹对太阳山的好奇实在算不上什么病症。

中学毕业那年，我跳出"农门"的喜悦甚至没能持续到那个冬天，父亲的茶农生涯便戛然而止了。父亲没告诉我为什么，很长时间里，父亲甚至一句话也没说，只是默默地跟着母亲，去他十多年前放弃耕种的玉米地，一声不响地干活。父亲花十多年的时间，完成了一次由茶农农民到普通农民艰苦卓绝的回归，我猜测不出，他心里是否掂量出了宿命二字的重量。

现在，父亲用过的蛇皮一样的布条和他的"麻窝子"草鞋就悬挂在大门旁的玉米架上，沾满了泥土和厚厚的烟尘，看上去一如既往，有一种脆弱的坚硬。它们被父亲很随意地丢弃在大门旁，与墙角那些镰刀和锄头一起，等待父亲的手。不同的是，布条和"麻窝子"草鞋的等待将是漫长的，甚至是永无止境。父亲会不时地坐在门槛上，但他已不再是个茶农，很少再需要它们。

父亲坐在门槛上的时候，照例会含着烟，像那个春天的早上含着"火烧子馍馍"一样。父亲的身边还会有一只茶缸，茶缸里冒出的热气，总让我想起那个星期天我和父亲头上不约而同地滚落的汗珠和热气，茶缸里面浮浮沉沉的茶叶是我特意从城里给他带回去的，父亲做茶农的时候很少喝自己种植加工的茶，现在他不再做茶农了，当然也只能喝别人做的茶叶了。

父亲抽着叶子烟，偶尔举起身边的茶缸，浅浅地喝两口，然后又放下。父亲口中吐出的层层烟雾和茶缸里冒出的热气氤氲在他那憔悴却平静的脸上。更多的时候，父亲的眼睛静静地望着龙门口，望着那里并排立着的三株茶树——那是结束茶农生涯的时候，父亲从他精心照料了多年的茶园里移植过来的，我一直不知道，父亲为什么只种了三株，而不是一株、两株，或者四株、五株，或者更多；我也不知道，父亲为什么偏偏把它们种在他日日必经、早晚必见的龙门口上。

莫非，父亲是把那些茶树当成了我们——他的三个孩子了么？

父亲守着那三株茶树，在一个又一个早晨或午后无遮无拦的阳光里，孤零零地与往昔形影相吊。父亲是渐渐地老了，不再急匆匆地赶路，在他眼中，时光变得缓慢而悠长，像阳光下投射在地上的影子，安静，一动不动。

◇ 草药生活

生　姜

　　每年初春，母亲总要在自家菜地的边角地带埋下一些身穿泥衣、老态龙钟的生姜瓣儿。除了松土，和后来伺弄菜地时顺手拔除一下长势凶猛的杂草，身处菜地边角的生姜们被埋下以后，便落入了被冷落的命运。即便是除草，不久后，也因为齐心协力的姜苗们更迅猛地生长，被母亲草草地敷衍甚至忽略了。与身处菜地中心的萝卜白菜比起来，姜苗们显然并不在意自己遭受的不平等待遇，它们争先恐后地往上蹿，像是在比赛着，看谁可以享受到更多的光照，沐浴到更多的雨水。而在它们脚下的泥土里，一块块新生的生姜已悄然长成。

　　偶尔，在给萝卜白菜们施肥时，母亲会顺便拿一些给姜们，作为对它们良好长势的鼓励和奖赏。微风拂过，姜苗们便摇曳着绿油油的身姿，将尚未风干的露珠洒在母亲平静的脸上，这时，母亲会直起腰身，抬起早已酸涩的手臂，若无其事地揩拭一下自己的脸庞，然后又

188

伏下身去，继续伺弄萝卜白菜们。对于姜们，母亲从来就很放心。母亲不知道，那其实是姜苗们想对她表示一下亲昵呢。

冬吃萝卜夏吃姜。入夏以后，母亲便会时不时去菜地里转上一圈，除了照例去伺弄一下那些让她挂心的萝卜白菜，回来的时候，手里还会拿着几块沾满新鲜泥土的嫩姜瓣。母亲将它们洗得干干净净，切成一块块小小的片儿，拌上盐巴和自家的辣椒酱，放上餐桌，那个季节的饭菜便随之充满了辣乎乎的新鲜味道。我三两下吃完饭准备溜下餐桌，母亲叫住我：别忙！随后就会盛一碗她刚刚放了姜末的菜汤，看着我一口一口地喝下去。那眼巴巴的神情，让我想到她哄我吃"粽子糖"（裹了糖衣的驱虫药，形似粽子）时的样子。

后来学了医，我才知道，母亲那时候是真把碗里的姜汤当成药了。只不过，就像喂我"粽子糖"时一样，母亲只知道生姜也是药，却不敢明确告诉我。良药苦口，母亲一定是担心一向顽劣的我洞穿了她的"把戏"吧。而在城市的菜市里，四季都有新鲜的生姜上市，不用说，那是众多大棚蔬菜中的一种。外表和母亲栽种的没有两样。有几次，我扛不过自己越来越馋的嘴，买了一些回来，学着母亲当年的方法吃了下去，却怎么也没了当年满嘴辣乎乎的味儿。

母亲一生没识几个大字，不知道她年年栽种的生姜早在几百年前就躺进了厚厚的《本草纲目》。那是一本为后世的习医者奉为经典的必备书。而一本医学院校通用的《中药学》里这样写道："（生姜）为姜科草本植物姜的块茎……秋冬二季采挖。切片生用、煨用或捣汁用。"

母亲如今依然健在，每年初春，依然要在自家菜地的边角地带埋下些老态龙钟的姜瓣儿——以前是喂养我们，现在又加上几个孙子孙女了。

母亲不知道，因为生姜，她一不小心便和"经典"扯上了关系。

鱼腥草

据说，现在的浙江绍兴地区，在春秋时期是越国的地界。当年越王勾践做了吴王夫差的俘虏，勾践忍辱负重假意百般讨好夫差，方被放回越国。回国后勾践卧薪尝胆，发誓一定要使越国强大起来。传说勾践回国的第一年，越国碰上了罕见的荒年，百姓无粮可吃。为了和国人共渡难关，勾践亲自翻山越岭寻找可以食用的野菜。在三次亲尝野菜中毒后，勾践终于发现了一种可以食用的野菜。这种野菜生长能力特别强，总是割了又长，生生不息。于是，越国上下竟然靠着这小小的野菜渡过了难关。而当时挽救越国民众的那种野菜，因为有鱼腥味，便被勾践命名为鱼腥草。

我丝毫也不怀疑这个"据说"的真实性。就像一个我们熟悉的人，他叫什么名字，并不影响我们对他的熟悉。

在乡村，鱼腥草有另外两个更加亲切更加普通的名字：侧耳根、猪鼻孔。不知道，我的乡亲所以用人耳和猪鼻为鱼腥草命名，是否也是因了它特有的鱼腥味儿。

我没特别注意过猪鼻孔最初长成时的样子。当春风渐渐变暖的时候，它们便顶着心形的暗绿或暗棕色的叶片，一株株，漫山遍野地疯长起来。这时候，就有伙伴提议：走，掏猪鼻孔去。一拨人于是背着小背篓，手拿镰刀出发了。回来的时候，每个人的背篓都满满的，一背的腥香味儿。

那些猪鼻孔，一小部分被母亲留了下来，其余的大部分则被洗净，然后几根几根地扎在一起，一小捆一小捆的，送进城里。晚上，便有几个香甜的水果糖躺在我们的手掌心。我爱吃母亲凉拌的猪鼻孔，但我更爱水果糖。于是第二天，伙伴们又都不约而同地掏猪鼻孔去了。就这样，房前屋后的那些田边地头、那些荒山荒坡也便成了我和我的伙伴们最初最美的乐园。而那漫山遍野四处疯长的猪鼻孔，似乎永远也掏不完似的。一如"据说"的那样，生生不息。

我儿时的夏天，也便这样不知不觉地在猪鼻孔的腥香味和水果糖香甜里度过了。

现在，我清楚地知道了那些被扎成小捆的猪鼻孔的去处——要不是城里人的餐桌，要不就是中药材收购站——那些被我和伙伴们从山野里挖起的猪鼻孔，经过另外一些人的挑拣，或者成为城里人的美味佳肴，或者被晾干，住进中药房某个带把的抽屉里，或者在一些化学物质的作用下，变成液体或者药片：鱼腥草注射液、复方鱼腥草片……

名字还是那名字，却没见了暗绿或暗棕色的心形叶片，没有了浓烈的腥香味儿，这时的鱼腥草，当然已不再是我认识的猪鼻孔了。

天　麻

我至今清楚地记得第一次挖天麻时的情景。具体的时间我已经不记得了，只记得那是个阴天，同去的是隔壁的王本分。我们一起走了很远的路，开始是大路，然后是羊肠小道，接着是杂草丛生的荒坡，最后便是阴森幽暗的大森林了。王本分说，开始吧。我不解：怎么开始？王本分指着一棵高大得望不到顶的大树，说，你从那里，我从这里。我不同意，说，我们一路来一路走，等一下还要一路回，为什么要分开呢？王本分就无奈地摇摇头，转身没入阴森可怖的林子里去了。我一下慌了神，赶紧沿着他刚刚踩出的路跟上去——我不是担心王本分撇下我，我是担心我把自己搞丢了。

幸好，王本分会不时停下来，匍匐在地，一动不动。起初我以为他也是走累了，停下来等我。待我走拢时，却见他手拿一块土豆样的东西，上面连着一根猩红的秆儿，活像涂满了红墨水或者鲜血淋漓的手指。王本分举着它，嘿嘿地笑了起来。我从没见过王本分那样舒心地笑过，见到他那样的笑，我突然就觉得自己不再那么害怕了。但我依然不敢单独走另外一条路。

这样做的结果就是：傍晚回家时，王本分挎着鼓鼓的背包，一脸灿烂；而我，除了出发时带去的锄头，只有空空如也的背包，俨然一个刚刚从战场上溃败而归的士兵。还有就是，从此我知道，可以蒸熟后用来治疗爷爷头晕病的天麻，原来有一根猩红的秆儿。更奇怪的是，大山里所有的植物都有叶，都要开花结果，为什么唯独天麻身上没见哪怕是一片叶子呢？

这个问题在后来很长的一段岁月里困扰着我。直到有一天，当我打开《中药学》课本时，我才得以明白，原来"天麻为无根、无叶绿素的兰科寄生草本植物，不能自养生活，必须依靠密环菌菌丝取得营养，生长发育……"——那时，我已离开老家在外求学。在那之前，王本分没能和我一样，跳过横跨在"农门"之上的独木桥，作为我最要好的同学和伙伴，多年前我们没能分开走的路，那一刻，被命运之手轻轻一挥，便陡然分开了。

王本分后来早早地结了婚，接着又有了孩子。后来，有一天他开着自家的大货车载着妻子和孩子回老家看望他的父母，半路上，猛地飞下了一处很高的悬崖，他和他的家人，和他的大货车一起，……

我清楚这和天麻无关。但不知为什么，从此以后，我总是不由自主地想起王本分手举天麻，满脸微笑的样子，想起那猩红的活像鲜血淋漓的手指头的天麻秆儿……

五倍子

作为一种乡野里四处生长的普通树种，五倍子被我的乡亲们记挂，是近些年才有的事。我这样说是有确切依据的，这依据，便是王幺爸家那块种满了五倍子树的自留地。

王幺爸就是王本分的爹。在溪头沟，他们父子俩的名字，就像他们家那块自留地里的那些五倍子树一样，家喻户晓。最初的起因便是王本分。王本分是家里的独苗，被王幺爸寄予了很高的期望。王幺爸多次宣称，只要王本分有出息，他拼了老命也要供他。可惜王本分似乎从小就不是读书的料，小学他高我三个年级，后来连降两级，只比我早一年考进初中，后来我因病休了一年学，等我继续读到初三时，我们成了同班同学（王本分第二次复读，插在我所在的那个班）。而他的两个姐姐却小学没毕业就被迫辍学，在家务农了。说是被迫，其实就是因为家里实在太穷，无法同时供养三个学生。让人揪心的是王幺爷，生病在床，就那么活生生的痛没了，原因当然也是因为除了供王本分读书，王幺爸再没多余的钱做其他的事情了……后来王本分就到市区做了个倒插门的女婿。代价就是王幺爸卖掉那几间"五柱四"

的老房子换来的一栋水泥平房，地点自然是在上百公里外的市区。而王幺爸自己却住在老地基上新盖的几间茅草屋里。

王幺爸的这些做法和王本分的"没出息"，一直是溪头沟里最热的话题之一。

后来就有贩子到溪头沟收购五倍子。有人说，那贩子是王本分老婆的远房亲戚，到底是不是，却没人去过问。乡亲们在意的，是五倍子的价钱，和上山转一转回来的收成；暗地里，人们也在惊奇，一种四处生长的普通树种结出的"果子"居然可以换钱。

王幺爸倒是一如既往地少言语，只是起早贪黑，每天一个人默默地上山打五倍子。还把自家那块自留地里的蔬菜和庄稼全部铲除，然后清一色地种上五倍子树，仿佛是在一夜之间完成的。乡亲们恍然间发现的时候，他也不吱声，就那么一声不响地埋头做自己的事情：五倍子打完了，就伺弄那些五倍子树。那热情，比起当初伺弄庄稼来，有过之无不及。

王幺爸的那块自留地就在进城的路边，一大片庄稼地中间。那次我回去的时候恰巧碰到王幺爸在为那些五倍子树除草。正是夏天，五倍子树浓密的枝叶几乎盖住了它们脚下的土地，也盖住了王幺爸瘦小的身影。我叫了他好几声，他才扬起头，冲我似是而非地笑了一下。他黑黝黝的挂满汗珠的脸颊，因他的笑，变形得有些夸张，像是无意间被我洞悉了他不愿人知的秘密似的。很快我就知道，王幺爸精心管护的那些五倍子树，在被移植过来以后，年年都长满新绿，就是一直没挂过"果"。

王本分出事的消息是我那次回去不久以后传来的。听到这个消息，我眼前不由自主地浮现出王幺爸变形得有些夸张的脸，和那片茂密的五倍子树林。从此，它们便一直在我的记忆里，枝繁叶茂。

后来，就时常听到人们议论起王幺爸家那块自留地，和那些从未挂果的五倍子树。议论之余，人们总免不了感叹："要发迹，五倍子啊。"感叹声里，满是无奈和切生生的痛，仿佛王本分也是他们家的孩子，仿佛王幺爸家发生的一切就都发生在自家身上似的。

自然，这"五倍子"和作为中药、用以疗疾的五倍子，压根就不是一码子事情。

黄　柏

对于黄柏，《中药学》课本里是这样写的：

"为芸香科乔木辟或黄皮树除去栓皮的树皮……生用、炒焦用或盐水炙后用……性味苦、寒。归肝、胆、大肠、胃、肾、膀胱经。应用于黄疸、痢疾、带下、淋证、湿疹等多种湿热病症……"

这是我很久以后才知道的，而我认识黄柏树则是在很早以前，和父亲有关——

父亲栽下它们的时候，还是些弱不禁风的幼苗。没过两年，它们就和那些竹子一起，长成一大片浓荫如盖的林子了。远远望去，像一张绿油油的地毯，在老屋后面那片长长的斜坡上，纵横起伏。几阵秋风过后，枝头上那些细碎的叶片便纷纷坠地，只剩下光秃秃的枝丫和胖乎乎的枝干，直直地挺立在那些依然故我的浓绿竹丛中间，这时候，那张绿地毯就变得斑斓夺目起来了。

父亲似乎一点也不挂心林子的变化。他是个农民，要耕地、要种田、要伺候圈里的牲口，还要心焦我们的吃穿和学业，却从未想过用它们来养眼。父亲栽种它们，为的就是有一天用来换钱。因为他知道，那些被称作黄柏的树，树皮剥下来可以入药。从小，父亲就教我们：做什么事情都要一心一意。栽下它们之后，父亲就"一心一意"地干他的农活去了。父亲知道，只要将它们植入泥土，它们就会自行成长，就像更早些时候种下的那些竹子，就像山野里那些独自生长独自开花结果的杂草树木。

大约是在它们第八或第九番转绿的时候，村里飘起了"收黄柏！"的吆喝声。那声音拖着长长的尾音，穿过溪头沟的坡坡坎坎，也穿透了父亲和乡人们的胸膛，在溪头沟上空风一样飘荡。看着乡亲们一个个手拿斧头镰刀，兴冲冲地走出家门，而后怀揣钞票笑逐颜开地回家，父亲心里七上八下的，却没有要动手的意思。这叫我不解，父亲栽下它们，为的不就是今天吗？难道父亲有更好的去处安排那些树？我不知道，也没敢问。

那段时间，天刚刚擦黑，父亲便一个人穿着面袄出门，去后山那片林子里去了。我这才明白，父亲的确是还没想处理他亲手栽下的那些树，但他担心有人会趁着夜色替他处理掉了，所以就只有去守着它们。但父亲的担心还是不幸兑现了：那夜，大雨倾盆，父亲刚刚出去没一会儿就浑身湿漉漉地回来了。进屋的时候面色铁青，一声不吭，并且破例再没出去。第二天早上，父亲便手拿斧头走向了后山那片依然绿油油的山坡。下午我放学回到家的时候，父亲的脸依然铁青着，手里拿着一块黄柏皮，吧嗒吧嗒地抽闷烟。我不敢说话，只远远地看了看后山那片山坡，此时，只剩下那些竹丛依然故我地绿着，没了那些黄柏树，竹丛看上去就显得有些孤孤单单的了。

后来我一直在想，如果没有那个雨夜发生的事，父亲会怎样处理那些黄柏树呢？

我没问过父亲，也找不到答案。

我知道的是，从那以后，老屋后面的那片山坡上，那些黄柏树留下的空隙，至今依然空着。只有那些竹丛依然绿着，像是在等待，更像是无声的誓言。

现在，我不仅认识黄柏树，还能够在一大堆中药里一眼就认出经过加工、可以随时入药的黄柏来。每每此时，我手捧黄柏，缓缓地凑近鼻孔，苦涩的药香随之便在体内澎湃汹涌起来……

山　药

在成为药之前，山药首先是人们果腹的食物。

山药原来的名字叫薯蓣，因唐代宗名李预，为了避讳而改为薯药；北宋时又因避宋英宗赵曙讳而更名山药。此外，因为出生地的不同，山药还有怀山药和光山药之分。但不管它叫什么，也不管它生长在哪里，并不影响一代代的乡人用它来填充自己饥肠辘辘的胃，或者将其切成厚片，生用或麸炒后入药。偏偏，山药喜欢向阳的山坡，而且专选杂草丛生、乱石堆砌的地方生长，似乎是有意要难为人们挥起的锄头和钢钎。民以食为天，饥饿和病痛的迫力是无穷的。

多年前某个深秋的早晨，张银坤肩扛锄头和钢钎出发的时候天还没有大亮，几个孩子和老婆都还在被窝里没起来。张银坤总是习惯早起，每年秋天，当他看到门前的李子从树上落下来的时候，便会出发去掏山药。张银坤知道，这时候，山药们也已开始落叶了，错过这段时期，那些四处攀爬的藤蔓就会断掉，很快就寻不着影子，那样掏起

197

来就费劲了。张银坤熟悉山药们的生长，知道哪里的山药好掏、又长得大块，他甚至闭上眼也能说出很多窝山药藏身的位置。

张银坤掏山药有个与众不同的习惯，对于那些长在乱石堆里实在掏不出来的，就留着明年继续，他坚信他掏不了的，别人也很难掏到，他不能理解人们为什么总要把自己"掏不了的戳破戳烂"，让别人连掏的机会也没有。

那天张银坤去掏的，就是去年他未得手的几窝山药中的一窝。去年之所以没有得手，是因为忘了背钢钎，所以那天出发的时候他特意提醒自己，千万再别忘记了背上钢钎，忘记了，那窝看起来长得很不错山药就会有别人下手了。

后来，张银坤的老婆就因为那天没有阻止张银坤去掏山药而哭得地动山摇——那天，她起床以后就按头天晚上两口子商量的那样去了一趟城里，卖了昨天张银坤掏回来的山药，买了猪蹄，还给张银坤打了两斤老烧酒。酒是张银坤的最爱，猪脚炖山药，则是几个孩子眼馋的美味。她比任何一次上街回来得都早。到家的时候已是中午，往天这个时候，张银坤早就满载而归了，可那天阳光都向西偏了，猪蹄早打理好下了锅，锅里的水也滚开了，还是没见张银坤的身影。

张银坤后来终于回来了。不过，是别人抬着回来的。他的脸和头血肉横陈，甚至叫人怀疑那是不是他。他紧拽着的手里，是一把新鲜的黄土和几小节山药藤。抬他回来的，是王三爷他们。王三爷那天和张银坤去了同一片山坡，不过没有张银坤早。王三爷说他很远就听到张银坤的吼声，"天仙配"，狗日的张银坤一定是找到一窝好山药了。王三爷说他还喊了张银坤，后来只听到一长串巨大的闷响，一大堆被人翻动过的泥巴和石头从山顶上，朝张银坤所在的地方滚了下来。他甚至没来得及再喊一声，张银坤的吼声就戛然而止了……

这是溪头沟广泛流传的一则旧事。乡亲们甚至编了顺口溜：张银坤，掏山药，飞石打爆脑壳。张银坤当年出事的地方，后来好些年再没有人去掏山药了——人们怕一去那个地方，就想起张银坤血肉横飞的脑壳，怕自己一不小心步了张银坤的后尘。

现在，人们可以借助现代科技和化学肥料，将山药移植到想移植的地方，并且让它按照我们的意愿生长，可以不用再费神劳心的满山野找寻。山药的吃法也日新月异，五花八门：山药汤、山药饼、山药汤圆、清炒山药丝、炒山药泥、山药炖兔肉、山药豆腐羹、山药炖牛腩、什锦山药粒……

这是山药的一个去处，余下的则作为一味普通的中药，被存储在中药房高高的柜台里而后被人放进药罐。

同样是通过口腔和食道进入胃肠，其目的和功效却有着天壤之别。

◇ 注定的行程

一

举目回溯，记忆最先停靠的往往是 1990 年秋天。

早些时候，16 岁的我参加了两场决定我未来命运的考试：初中毕业会考和紧接着的升学考试。如果升学考试成功了，我就可以成为家族里第一个跨出"农门"的人，尽管算不上什么光宗耀祖的大业，但对含辛茹苦的祖祖辈辈、对我自己，都将是一件不小的人生大事。

等待是艰难而漫长的。但我似乎从来没想到过自己会落榜，从考完试的那一天起，我就成了溪头沟里唯一的闲人。每天睡到很晚才起床，待在家里，听爷爷摆龙门阵，听他一遍又一遍地说起那句稔熟的话："哎，这人一辈子，除了读书，都是百日之功啊。"爷爷一辈子没念过一天书，这话对我，既是鼓励也是安慰。但我依然无法抑制住自己心底越来越深的忐忑和不安。更多的时候，我就一个人，跋着那双红色的塑料拖鞋，像一只没头没脑的苍蝇，四处乱窜。秋天的溪头沟总是多雨，道路也更泥泞，拖鞋扇起的泥浆挂满裤腿和后背，密密麻麻的泥土斑点，仿佛天空大大小小的星星。

伯父的突然去世是那个秋天里发生的又一件大事。作为爷爷的长子，从部队退伍回来后，伯父娶了个离了婚的女人做我的伯母。伯母的性情怪异，自从生下二弟以后就天天和伯父吵闹，怂恿着伯父和父亲分了家。此后即便是爷爷一年一次的生日，也坚决不让伯父来看爷爷。我拿到录取通知书的第二天晚上，为别人家做了一整天篾活的伯父借着乡亲们一起来道贺，顺便来我家看了爷爷。在我的印象里，那是为数极少的一次探望。乡亲们离开后，爷爷、伯父和父亲，他们父子三人守着火炉坐到很晚。我实在熬不住先去睡下了，半夜的时候被一阵猛烈的哭泣声惊醒，似乎是伯父一边哭着，一边含含混混地说着什么。然后就听到爷爷说："算了嘛，一辈子，几十年一晃就过去了，好好过吧。"接着就是伯父更凶猛的哭声。

第二天是难得的晴天。堂妹哭喊着跑来喊"爷爷，我爸叫不答应了"的时候，太阳已无声地跨过堂屋的木头门槛，堂屋里辉映着满屋的金黄。我一下从睡梦中惊醒。搀扶着颤巍巍的爷爷赶到伯父家时，伯父的浑身早已经冰凉了。看着伯父安静得看不清是痛苦还是幸福的脸，我感到了从来没有过的手足无措。就在昨天，伯父那双长满老茧的手还抚摸过我的头，那张紧抿的嘴还对我说过两个"好"字："好家伙，好样的！"这是唯一的一次，却没想，也成了最后的一次。

只看了伯父一眼，我就飞也似的跑开了，跑出了老远，胸腔里还止不住轰隆隆狂跳。只觉得有一股强烈的暗流在我 16 岁的身体里飞奔，左冲右突，时而热烈，时而冰冷。

伯父的坟茔就在进城的路旁。离家外出求学那天，站在寒冷的秋风里，望着伯父的坟头猎猎飘飞的纸钱，坟堆上的泥土泛着清新的气息，四周是萎黄干枯的杂草，我久久迈不开自己的步子。终于起身的时候，我看到并排的两只脚印，深深地印在伯父的坟前。我知道，用不了多久，那双脚印就将被更多的脚印覆盖起来，或者在岁月扬起的尘土里，渐渐消隐。而在通往远方的路上，我每走一步，踩过不知多少人的脚印，我的脚印也将重叠上不知多少后来者的脚印。是的，重叠。一双又一双的脚印，就像一天天不住流逝的日子，无声无形，无影无痕，无可挽回。

二

从溪头沟到县城，顺青衣江而下，东去三十余公里便是雨城雅安。走进一块写着"雅安地区中等卫生专业技术学校"的大门，我四年的雨城生活便开始了。九月的雨城，雨依然下得没完没了，而寒风似乎再也禁不起等待，早早地刮了起来。

第一个晚上，躺在床上，听着夜色笼罩下的城市滴滴答答的雨声，眼前晃荡着伯父安静得看不清是幸福还是痛苦的脸，和我留在伯父坟前的脚印，一遍又一遍。整整一夜。后来我做了一个奇异的梦：我梦见自己毕业了，回到溪头沟，伯父满脸微笑着揉搓着自己的双手，似乎是想抚摸我的头，却犹豫着，始终没有抬起手来……天亮的时候我醒了，枕边满是依稀可辨的泪痕，望着宿舍斑驳的天花板，我想到了伯父仓促的一生，曾经的爱恨纠葛随着伯父的离世必将灰飞烟灭，而我还将在这里度过四年的时光，还要走更漫长的人生路。似乎就是从那一刻开始，我觉得自己一夜之间长大了。

在雨城，我第一次看到了足球，除了读书，我还成了班里的足球队员，知道了意甲和欧洲冠军杯。周末或者没事情的时候，就和刘春生、苟全军、刘礼成等人一起，长传冲吊，跑到自己再也跑不动，然后呼呼大睡。每月，也是我们四个人，总要选一个无所事事的周末，偷偷跑去一家僻静的馆子，忘情地喝酒，喝到舌根麻痹，言语不清，思维混乱，然后跑到空旷的足球场上肆无忌惮地吼叫，脑海中什么也不想，事实上也什么都想不起来，包括年迈的爷爷和已逝的伯父，包括一天天流失的时光。

第二年春天，新学期刚开学的时候，学校里发起了一次全校性的募捐，对象是一位高年级的女生。我没有见过那位女生，即便是见过，也因为不认识，没在脑海中留存下一丁点印记。学校张贴的倡议书说出了她的名字和募捐的原因，她有个很普通的名字：李娟，不久前，即将完成学业的她无缘无故地头痛，什么药也不起作用，后来被送到华西医科大学，很快就查明了病因：蝶鞍肿瘤，需要手术切除。我们那时正在学习《解剖学》，知道蝶鞍是大脑深处一个区域。身边的同学都很踊跃地参与了募捐，我也捐了30元，那是我第一笔稿费的数目。

不久后就传来了噩耗：那位高年级的女生手术过后，因为严重的并发症，医治无效，去世了。一个素不相识的人，一个正值花季的女生，一个顶着与我一样姓氏的人，就这么匆匆地走完了自己短短的人生旅程。

得知消息那天，天空飘着细细的雨，天气阴郁。我一个人从教室里出来，走过学校繁花初绽的林荫道，任微凉的雨滴裹着早凋的花瓣，自头顶不远的高处飘落下来，飘落在我蓬乱的发梢、身上和长长的林荫道上。偶尔有一两滴，沿着衣领滑了进去，让我深切地觉出了初春的寒意。

伯父和高年级女生，两个毫不相干的人，一个为我所熟悉和亲近，一个却陌生得甚至不知道她的长相，她的脸是丑陋还是漂亮，她的个子高或者矮，她的体形是胖还是瘦，我觉得这些都无足轻重的，重要的是，她让我在伯父之后，又一次清楚地知道，死，是一件多么必然的事。有时候，它甚至不给你一丁点的时间去准备，就迫不及待地横立在你面前，让你猝不及防，手足无措，却又不得不对它俯首称臣。

三

但是，雨城的春天毕竟还是到来了。

天气渐渐转暖的时候，我就和三五个同学一道，走出校门，去雨城周围的几座小山：周公山、张家山、金凤山，看周公山茂密的树林，张家山公园里的荷花，金凤寺里袅袅不息的香火和如织的人流。时间通常是周末，一起去的通常也是我们四个人，或者其中的两三个，偶尔也约上几位相熟的女生。但也仅限于此。四年，我和她们之间，没有想象的故事发生，只是后来一向沉默的我突然在报纸上发表了我的第一篇文章，在大面积的意外和惊讶中，她们纷纷要我请客。

也曾单独邀请过一位女生去工人俱乐部看电影，但也就那么一次，以后再没有约过人家。我想如果我愿意，那四年的时光里，应该可以写出一份属于自己的恋爱史的。我只是觉得，属于我的那份爱，该降临的时候自然会降临，我一直等待着，等了四年的时光，可它一直没有来，我想它一定是看到了雨城阴郁的天气，也看到了我一贯的沉默，它被吓跑了。

学校里的课程一天天紧张起来。《人体解剖学》《生理学》《微生物与寄生虫》《病理学》《药理学》……在弥漫刺鼻的福尔马林味道的屋子里看面目全非的人体，教授《解剖学》的老师指着人体上的某根细丝，告诉我们，那是肌肉或者血管或者神经，以及它们的走向；在显微镜下看肉眼无法辨别的微生物和寄生虫，然后通过眼睛和笔，将它们描绘出来，可我怎么也不能把眼前那些经过染色的微生物和寄生虫与真正寄生在我们体内的东西联系起来，描绘在纸张上的图像总是与显微镜里看到的相去甚远，因此总是挨老师的罚。

夏天到来的时候，学校背后的周公河河水暴涨，深不见底，大大小小的鱼儿在水里游来游去。阳光炽热的午后，我们四个人一起下到河里浸泡汗涔涔的身体。我是个旱鸭子，每一次，他们总要比试谁游到对岸再返回的次数多，而我只好选一处水流平静的河段，一个人独自比画自己的笨拙的手脚。那天有些鬼使神差，看着他们玩得兴起，我竟就那么一个人朝向河中心游了过去，等我醒悟时为时已晚，只觉得刚才还轻松自如的四肢像绑上了铅块一样沉重，越来越沉，越来越重，然后便是无边无际的黑暗……躺在滚烫的鹅卵石上，重新睁开眼的时候，周围的几个家伙正满脸慌张地注视着我。

这是我那四年里做过的最危险的一件事。让我百思不得其解的是，那一刻，我竟然没有丝毫的恐惧，甚至也没有感觉到丝毫的痛苦。我于是就想，如果每个人死去的时候都没有痛苦，就那么平静地不再呼吸，不再说话，不再思考，那该是一件多么美妙的事情啊。

这期间还发生了一件事：第一次解剖实验课后的某天晚上，月色高远。几个恶作剧的同学把一个胆小的男生约到解剖实验室外，然后将他绑在一棵大树上。等一拨人玩够了再想起来时，那位男生已瘫软在解剖实验室外的大树下，裤裆透湿，满脸的鼻涕和泪水。

那位胆小的男生与我来自同一个县份，知道这件事情以后看到他，我心里有一种说不出的滋味。我知道，他要不是把实验室里那些冰凉的面目全非的尸体想象成了某种可怖的怪物，要不就是想到了他们曾经的活蹦乱跳的模样，他不过是被自己的想象吓倒了。

这件事成了那四年里经久不衰的笑谈之一，很多次被重新提及。但我一直没法笑出来，因为我觉得这件事本身一点也不好笑。在我内心里，我完全能够理解那位胆小的男生，因此他成了我的第四位最要好的朋友，我们一起度过了那四年波澜不惊的时光。

四

1994 年 7 月，我在雨城的第五个秋天还未到来，我便收拾好简单的行囊准备离开——我毕业了。

离校那天，天气出人意料的晴朗。分别的时候，大多数同学都哭了。我唯一邀请过的那位女生先是和我说着话，说着说着也跟着旁若无人地哭了起来，然后就彼此都没再言语。我想她之所以那么动情地哭，也许并不仅仅是因为眼前的分别。四年了，我们都知道这一天不可避免要来，现在它来了，我们除了面对，别无他法。

到县城的路，因为有汽车的承载变得轻松和便捷。然后是十几公里崎岖的山路。溪头沟——县城——雨城，这条路，我没计算过那四年里往返的次数。当雨城在我身后越来越远，车窗外出现了熟悉得不能再熟悉的小山，小山上的绿树正在炎夏的阳光里尽情地生长、拔节，些许不知名的花艳丽地开着，低处的青衣江水一如既往地咆哮着，朝向未知的远方日夜不息地流淌。我敢肯定，从此以后，我还会踏上这条路，它通向的世界对我有着永恒的吸引，但在那一刻，我只想回家。过去的四年里，记不清有多少次，想家的时候，我就不顾一切地回去了。但这次和以往已然不同——这次之后，我就将与一段时光告别，另一段崭新的时光就摆在眼前。我唯一知道的是，我必须去经历。

分配结果在不久后一个秋风微凉的日子传来：同班一起毕业的八位同学加上其他学校同届毕业的几十号人，只有我一个人留在了县城一家有名的骨科医院。很多人以为这是我走关系的结果，我没说什么，要我说的话，也只会是一句话：对于县城，我的祖祖辈辈都是走马观花的游客一般偶尔去一次，我不过是在冥冥之中受到命运之手的眷顾罢了。但我知道没有人会相信我的话，所以干脆就选择了沉默不语。

五

转眼便是二十多年。正如我一篇文章里写过的那样："这么些年过去了，我就以医生这个职业在这个小城活着，有过甜蜜，也有过忧伤；有过欢乐，也有过痛苦……因为我的职业，我正体验着人生的另一种成长。"那篇文章里，我写到了我作为医生遇见的死亡。有一点我没有说出——作为旁观者，当那些人就那么闭上眼睛停止呼吸，不再说话和思考，我内心里其实多么不安——我在对自己的怀疑和不安中，走过了这么些年，并且还将继续走下去。

在那篇文章中，有三个人的死我只字未提：刘春生、班长毛大志和爷爷。

刘春生死于他热衷的运动场，据说当时他在参加一场篮球比赛，他突然抚住自己的胸口倒在地上便再也没能站起来；班长毛大志则是死于爱情，据说，他和一个离了婚的女人相爱，遭到了家庭的坚决反对，某个夜色幽深的夜晚，离了婚的女人抄起菜刀，将熟睡中的毛大志剁成了若干块。两个人，一个死于白天，一个死于夜晚，一个运动，一个静止，最终又都归于永恒的宁静。当两个人死亡的消息先后传来的时候，我木然地举着手机，又一次陷入长时间的沉默。

爷爷的死也是在秋天，伯父去世的第六个年头。同样是在秋天，不知道爷爷和伯父的不约而同是否也是冥冥之中的安排。从伯父去世的那一天起，我就无数次想象过这一天的到来，甚至它的季节和天气、早或者晚。

那是爷爷84岁生日到来前几天。得知他病重的消息赶回去时，爷爷已经两三天滴水未进了。我坐在床边，握着他骨瘦如柴的手，感受着他一点点降低的体温，在注定要来的那一刻，想到从此以后，我再也听不到爷爷说"一辈子，几十年一晃就过去了，好好过吧"，再也握不住那双小时候无数次牵过我的手，我的眼泪终于止不住地掉了下来……

夹金山记 ◇

　　突然飘起了雪。刚才还是晴空万里，一眨眼之间，天空就灰蒙蒙的，雪从高处落下来，被风吹着，该落在后脚跟的落在了前脚尖，甚至比脚尖高远的前方，该落在前脚尖的落在了前方更远更高的地方。眼前，青黄的草叶上、我们的发丝间、衣服皱褶里，很快铺上一层盐粒一样的白。耳边是突起的怪诞的嘶鸣，一阵紧似一阵，一声比一声响亮；雪落无声，似乎是另外一个世界发生的事情。雪一落下来，白茫茫的雾气紧跟着缭绕起来，雪落在雾里，在风的裹挟之下，像是被谁的大手牵扯着在大风里翻飞的纱巾或者旗帜。一面旗帜飘过去，另一面旗帜紧跟着飘扬起来，好像大雪纷飞大雾弥漫的世界里有人排着队，在我们眼前渐次牵扯着雪雾。我们不由得停下脚步，眼前却只有白茫茫一片，刚才还一抬眼就能望见的盘山公路，此刻全然在大雪大雾里面隐去了踪迹。嘴角是断然不敢大张开来的，无孔不入的风让你只能紧抿双唇，但呼吸却成了大问题，于是咬着牙关，让嘴角裂开一条缝，以便更多的空气从齿缝里进出，有几粒雪乘机钻进了齿间，冰冰凉、甜丝丝的。身后更是不敢久看的，只能偷偷瞥一眼，越聚越浓

209

的白雾里，来路同样是早就没法看清了，恍惚间，感觉就像是置身在云端，腾着云驾着雾，稍有不慎，就有可能失足落进身后的万丈深渊。

这是蜿蜒蛇行的盘山公路相邻两段之间的一处斜坡，看起来顶多不过五六百米。到底是五百米还是六百米？不知道，数字只是我们的估摸，实际的直线距离可能更短，如果是在平地，在我们来的地方，也就是几个箭步或者一溜小跑就能达到的。但这是在夹金山，我们想到了要学一把英雄，最起码要切身体会一把英雄们当年的壮举，仿佛只有这样，才算真真正正地来过此地，才能让夹金山对我们而言不再只是一个象征。还有人抱怨天公不作美，却没想到，眨眼之间便天遂人愿，雪和风都不期而至了。让我们更没想到的是，就是这几百米的路程，在我们脚下竟是如此曲折漫长，开始的几步还能勉强走成直线，随后就只能弯弯拐拐地才能前行了。想不弯弯拐拐也行不通，坡太陡峭了，没有六十度也有四十五度，有的地方近似壁立，有的地方卧着巨石。蜿蜒蛇行的盘山公路静卧在山巅，我们只能弓着身，手脚并用、气喘吁吁、嘴青面乌、头昏脑涨地在山坡上一点点向前挪动，走几步就停下来喘一会儿。幸好，盘山公路就在前面，就在我们头顶高处越来越近的上方，退路已经没有了，我们只能向前向前再向前。

是的，这就是记忆和想象中的夹金山了。记忆和想象从来就不是凭空产生的，夹金山尤其如此。自打能够记事、思考、想象的时候起，它便存在于我们脑海里。具体是什么时候、怎样被我们记住的，一时说不出来。说不出来也没什么，能够被牢记，并且一次次想象，本身就已说明了一切。有一首当地民谣这样唱到："夹金山，夹金山，鸟儿飞不过，人不攀。要想越过夹金山，除非神仙到人间！"在宝兴嘉绒藏族语系里，夹金山有另外一个称呼，叫"甲几"，翻译过来，就是很高很陡，和民谣所唱的差不多是同一个意思，说的也都是夹金山的形容：作为一座地理意义上的高山，夹金山陡险，山岭连绵，重峦叠嶂，危岩耸突，峭壁如削，空气稀薄，终年积雪……公元一九三五年农历五月初四，真有"神仙"来到了夹金山。他们是一支很不起眼的队伍，队伍的名字却是振聋发聩的——中央红军。对于世世代代居住在夹金山下的人们而言，红军是个完全陌生的概念，人们无从知道这是一支怎样的队伍。在此之前，他们也见过一些队伍，那是"国军"和当地的土豪劣绅。对新生事物的认识，从来都不是一帆风顺的，都有个从陌生到熟悉的过程，有时候，甚至会走一些不可思议的弯路。对 1935 年的硗碛人来说，红军就是个新生事物，在红军到来之前，人们所有关于红军的认识只有"国军"和土豪劣绅们的鼓噪和宣传。因为宣传者叵测的居心，这些宣传便成了一种遮蔽，它唯一的目的就是混淆视听。人们将信将疑，但心里一直挂着一杆秤，耳听为虚眼见为实的道理，他们是再明白不过的。人们很快就见到红军的真实面貌：他们穿的衣服五颜六色，什么样式都有，说着天南海北不同口音的话。但却和人们见过的任何队伍都不一样：不拿群众财物；保护寺院；不随便吃老百姓的东西；夜里就在街道旁的屋檐下席地而坐，露天歇息……这样的队伍，人们还是第一次见到，完全不是宣传里说的样子啊。悬在硗碛人心头的云雾于是豁然散去，大家纷纷打开家门，烧茶送水，鸣放鞭炮。街上还挂起了三道"天花"，就是树枝和鲜花做成的牌坊。那是硗碛人欢迎宾客的最高礼仪。在硗碛人的眼中，红军就是他们最尊贵的宾客。接下来的事就尽人皆知了——红军从硗碛出发，顺利翻过了夹金山，开始了艰苦卓绝的征程。

世上很多事，是在"事后"才显示出它的意义来的。毛泽东、周恩来、邓颖超、朱德、聂荣臻、董必武、伍修权……看看这一长串响当当的名字，我们就知道，夹金山对于中国革命有着何等重大的意义。后来，他们不约而同地对那场举世无双的壮举有过自己的回忆，因此我们才得以知道更多更真实的面貌："更喜岷山千里雪，三军过后尽开颜。"这是毛泽东的诗作；"在往夹金山走的路上，不时看到有的红军走着走着突然倒下，就再也没有起来……"这是朱德总司令说的；"天刚蒙蒙亮，我们就出发了。没有路，我们就对准峰顶附近那个缺口向上爬。浓雾环绕，大风凛冽，到半山还下起了雨，再往上爬，又遇上了冰雹。空气越来越稀薄，呼吸越发困难。讲话不可能，冷得人连呼气都冻了冰。有些人和牲口一步没走稳，就从此永别。"这是董必武的回忆；"像我们这些病号，为了不落伍，未等天亮就动身上路。他们用担架抬着我，一上坡，我想起左权同志也病了，就让担架去抬他。我拄一根棍慢慢地走过雪山了。林彪过去从来不掉队，但过雪山，头一天上到半山腰，喘得不行，就下去了。第二天用担架把他抬过山的。"这是聂荣臻说的；"那时我没有马，身体又很虚弱，往前走很困难。快到山顶时，警卫员和我相依为命，用数步子的办法来坚持。开始是走 100 步稍停一下喘口气，过一会儿改成 50 步，最后改为 30 步稍歇息，走不动也得走，否则就永远躺在这里。经过这样一步步地挪，终于在下午四点左右上了山顶。"这是时任三军团副参谋长的伍修权回忆时所写；"对于体弱和有病的人，空气稀薄是受不了的。唯一办法是送下山去，可是还没送到，他们就牺牲了。过雪山，牺牲的人很多，天气太冷，有些是冻死的，有些是喘不上气来死去的。在后面过雪山的同志，从路的两旁可以看到一个个隆起的雪堆。这就是冷酷无情的大雪山所吞噬的同志的标记。"这是姬鹏飞说的；"中央红军从夹金山下来，他们的眼睛望着夹金山峡口，眼神那样地纯洁真诚，充满了期望。此情此景深深地激励着我，使我至今难忘。"这是率领先头部队到达维（小金县）迎接红四团的韩东山回忆当年的情景时说的……伟大的胜利往往需要众多的人艰苦的付出，战斗和牺牲也从来都是孪生的。这些当事人的回忆，当是又一次有力的明证。4114米，这是世人皆知的夹金山的海拔。这个星球上海拔更高的山还有的是，但没有哪一座能像夹金山一样，承载着新中国历史上那场举世无双的壮举，或许也可以说，夹金山拥有的是另一种海拔，没有哪一座山能出其右。

我们所在的地方是在夹金山的南坡，山脚便是宝兴县硗碛藏族自治乡。山的北坡是小金县达维乡，小金藏名叫攒拉，原名懋功，也叫美诺，现在人们叫它"夹金山下红军城"，而达维在乾隆年间是"懋功屯务厅"（厅属分四屯一土三保六团）下辖的一个团，1958年曾更名为继英公社，1978年恢复成达维，一直叫到今天。现在，一提到小金或者懋功，人们十有八九首先想到的就是达维，想到新中国历史上那场举足轻重的大会师。后来我有两次开着车，从小金县方向翻越过夹金山，时间都是在炎夏，山巅的积雪已经融化，到处都是绿油油的青草。在达维城东约一公里的沃日河上，我看到一座片石、圆木结构的木桥，呈东北向西南走向，长约十三四米，宽不过两三米，桥面有木制桥栏。这座不起眼的小桥，就是当年红军最先会师的地方，世人称之为会师桥。始建于民国初年，新中国成立后曾两次做过维修。桥的上方，便是著名的会师纪念碑。我去的时候、返回的途中，遇到一拨又一拨的人，手捧着花篮、扶老携幼去沃日河畔，看会师桥，瞻仰会师纪念碑。他们无声地绕着纪念碑，抬起头来仰望高耸入云的纪念碑时，好些人的眼中涌起了热泪，身旁的那些咿呀学语的小孩，似乎也觉出了此地的非同寻常，一个个收起了叽叽喳喳的吵闹，在大人们的怀里或者牵着大人们的手，默默向前走着，潺潺的沃日河水、高耸入云的纪念碑在他们好奇的眼眸里不住地闪烁。

蜿蜒蛇行的盘山公路，宝兴人称之为五道拐，顾名思义，说的就是盘山公路在山间蜿蜒上升的大致形态。事实上，每道弯拐、乃至整条盘山公路之间，还有无数大大小小的弯拐，像人体里的九曲回肠。盘上公路以前叫省道 210 线夹金山段，1995 年才开始修筑，1997 年建成通车。2008 年 5 月 12 日，汶川特大地震发生，山体移位、大地震裂，四川境内大部分公路被毁，几个重灾区更是与外界失去联系。从都江堰进汶川的"南线"公路中断，从绵阳入汶川的"东线"公路也被毁，而且要迅速打通的可能性几乎没有。专家们紧急会商后认为，从成都经雅安，翻越夹金山，然后过小金到马尔康，最后进入汶川的"西线"公路抢通可能性较大。大家争分夺秒，日夜不息，仅仅两天时间，整条"西线"，包括夹金山路段便被完全打通。那些日子里，每天成百上千的车辆，满载着矿泉水、食物、药品、救灾人员……源源不断地经过夹金山，运往地震受灾更重的汶川等地。那时候，这条路被人们命名为"生命通道"，不断出现在电视直播镜头里、广播中和报纸配发的各色图片上。2013 年 4 月 20 日，地震又一次袭击了川地，而且这一次的震中，就在夹金山下比邻宝兴、与汶川同属于龙门山断裂带的芦山，也是省道 210 线的途经地之一。两次地震之后，省道 210 线便被改造升级为了国道 351 线。所谓改造升级，除了起始点被延长，就是遇河架桥，逢山打洞，尽可能地把道路变直，从

214

而躲过以前频发塌方的险要路段，独独夹金山段，除了在可行的地方拓宽路面，铺了沥青，路的走形几乎维持了原样，该拐弯的地方拐弯，该爬坡的地方爬坡。据说，穿山而过的隧道，已经被有关部门提上了议事日程。当我们终于爬完那几百米的斜坡，坐进早已等候在那里的越野车，胸腔里长时间轰咚轰咚、不住地轰响着，仿佛随时可能炸裂，只好紧闭了双眼，任由越野车拉着，一点点向山顶攀升。我们坐在车上，纷纷沉默着。我们刚才走的是一条路，现在越野车带我们走的是另外一条路，若干时日之后，这两条路都将变成荒野，隐没在高高的雪山之巅。我们感觉到即将失去什么，尽管我们已经和即将得到的更多，但在得到和失去之间，我们还是在这巨大的失落感里沉默了下来。

　　同行的诗人胡雪蓉也一路沉默着。和我们一样，这也是胡雪蓉第一次亲临夹金山。此前倒是在另外的地方见过几次，她做过多年的中学教师，现就职于宝兴县教育局，老家就在夹金山下的蜂桶寨乡。当她还是小孩的时候，翻山而过的公路还没有修通，等长到可以独自闯世界时，她考上了师范学校，去外面念书去了，再回到家乡时，她已经成了一名教师、继而是一位妻子和母亲，再也不是想走就走的年岁了。蜂桶寨旧称盐井，1869 年的早春 2 月，一个法国人沿着成都盆地的边缘，来到了夹金山西麓的盐井邓池沟。此人名叫阿尔芒·戴维（Pierre Armand David），中国名叫谭卫道，他刚刚被任命为宝兴县邓池沟天主教堂的第四任神父。坐落在群山之中的天主教堂始建于1839 年，远远看去，它是一栋极富中国韵味的木质建筑，步入教堂的主堂，则展现出哥特式建筑的意境，正面巨大的花窗，交叉穹隆的拱顶，可谓是法兰西圣殿与巴蜀庙堂的有趣结合。从成都走到邓池沟，阿尔芒·戴维整整花去了八天时间。他在 1869 年 2 月最后一天的日记中这样写道："这里的高山和河谷都被原始森林覆盖，使得当地的野生动物得以生存和延续下来。"这些野生动物包括大熊猫，阿尔芒·戴维惊呼其为"最不可思议的动物"，他借着神父的身份，发动当地人捕获了其中一只，并将它制成标本，辗转送出了宝兴，送出了中国，送到了法兰西，至今还保存在巴黎自然历史博物馆内，供世界各地赶到巴黎的人们欣赏和参观。宝兴人因此记住了阿尔芒·戴维，更多外面世界的人因此知道了宝兴，知道了蜂桶寨。得知我们到来，胡雪蓉主动当起了向导。陪同我们去过夹金山之后，又带我们去了邓池沟，看阿尔芒·戴维曾经生活过的天主教堂，然后去她家的老屋里吃午饭，大碗大盘的土鸡、老腊肉、煮土豆、炒野菜……摆了满满一大桌，我们却纷纷把筷子伸向土豆和炒野菜，满盘满碗的土鸡和老腊肉几乎原封未动，不是土鸡和老腊肉不可口，而是煮土豆和炒野菜让我们觉得似曾相识，却一时说不清为什么会产生这感觉。后来我明白了，就像记忆和想象里的夹金山一样，甚至也可以说，这感觉就是记忆和想象里的夹金山的一部分，或者就是它小小的延续，其来源可能是多角度全方位的：书本、课堂、报纸、网络、电视，甚至从那个年代走过来的大人们断断续续的讲述。这就是口口相传，就是耳濡目染，就是润物无声。

去夹金山之前，胡雪蓉特地带我们去了宝兴县城的红军翻越夹金山纪念馆。在那里，我看到一张特别的照片。照片拍摄的是一棵松树。照片是古朴的黑白色。大约是为了将整棵树完整地纳入镜头，摄影师使用了最大的广角把树推出了很远，让人不禁生出一种恍若隔世的距离感。但你只要稍稍定睛看一下，就会清楚地感觉到，那是一棵高大挺拔的树，树干苍劲，枝繁叶茂。照片附加的标题就三个醒目的大字：红军伞。标题下标注着拍摄者名字，却没有拍摄的具体时间，而照片的拍摄者，因为当时我的注意力集中在了大树上，竟然给忽略了。从夹金山返回以后，胡雪蓉便带我们去了硗碛场镇边的一座无名山冈，去看红军伞。无名山冈脚下是新近修建完工的硗碛电站水库，一汪蓝幽幽的人工湖，湖底长长的峡谷在被湖水淹没之前，便是硗碛老场镇的所在，因为电站建设的需要，老场镇被整个地搬迁到了无名山冈对面另一座山的半山腰上。照片上的那棵松树就矗立在我眼前。层层叠叠的枝叶，宛若一双双摊开的大手，一双贴着一双，一双叠着一双，高高地托举着头顶的天空。树下插满了香蜡燃尽后的残端，旁边是一大堆纸钱燃烧过后的灰烬，树干上缠绕着无数根红色的丝带、洁白的哈达，在大片盎然的绿意里，特别的扎眼。有风吹起，那些哈达和丝带就迎着风，呼啦啦地飞。树荫下是一大片干燥的水泥地面，在周围潮湿的地面的映衬下，像一张不规则地图。整个看起来，这棵绿油油的大松树，果真就是一把浑然天成的大伞。1935 年，红军胜利翻越夹金山以后，硗碛人开始自发地清理那些牺牲在征途中的战士的遗体。虽然无从一一知道战士们的姓和名，无法一一为战士们竖立墓碑，但在人们看来，那些战士，都应该拥有自己的墓碑，墓碑上，都该刻上他们名字。后来人们想到了，将战士们一起安葬，地点就选在了我们伫立的这座无名山冈。之后，人们便在战士们的坟前，栽种下了这棵长青的松树。坟的名字，就叫红军坟。而这棵长青的松树，也随即拥有了一个响当当的名字——红军伞。

　　站在山冈上，诗人胡雪蓉给我们讲述了一则当地流传甚广的旧事。

人们安葬完红军烈士的遗体，栽种下那棵长青的松树后不久，就被一个叫卡玛旺姆的反动头子知道了。因为在阻击红军时被打断了一条腿，他十分痛恨红军。得此消息，他生起了一个邪恶的念头：他要挖开红军的坟墓，让他们暴尸荒野，以宣泄他心头的仇恨。他没敢在白天公然去，想来是知道此时的硗碛已不是他可以为所欲为的了。可决定已经做出，他就必须要付诸行动。于是，在一个漆黑的夜晚，他带着一群手下来到了山冈，他们手里除了明晃晃的火把，还有坚硬锐利的铁锹和钢钎。开始的时候一切都很顺利，因为有夜色的掩护，没有人发现他们的行踪，他们也已开始了挖掘。就在这时，突然狂风四起，四周都是呜呜的声响，像有千军万马正冒着夜色向山冈奔腾而来，继而是电闪雷鸣，大雨倾盆，在他们手里的火把被雨水浇灭之前，他们看到这棵刚刚种下的松树正迎着风，不住地摇曳着，像是在欢迎赶往这里的万马千军。土匪们一个个吓破了胆，丢下手里的铁锹和早已熄灭的火把，丢下卡玛旺姆，四处逃窜而去。第二天，人们发现红军坟地被人挖过，准备去修复，却在山冈上看见了反动头人卡玛旺姆。经过一夜的折磨，他已经变得不像个人，目光呆滞，浑身发抖，嘴里不住地念念有词："红军来了，红军饶命！"此后，卡玛旺姆就彻底地变成了一个疯子，之后不久，坠崖摔死了。从那之后，就再没有人去打松树的"歪"主意了。每年清明，人们都会自发地组织起来，到山冈凭吊。不管什么时候，松树枝干上，总系满了红丝带和洁白的哈达……

诗人胡雪蓉说，真的是善恶终有报啊。

我看着胡雪蓉，又看了看眼前的松树，好长时间说不出话来。

胡雪蓉接着说，所有的成长都要经历无数的风雨，一个人、一棵树、一支队伍、一个国家，莫不如是；何况，这是一棵非同寻常的树呢。说着，禁不住一声声地叹息起来。

胡雪蓉是一位诗人，在夹金山下出生，在夹金山下长大，我清楚她所说的善和恶，并不仅仅是个人的情感表达。自打在这座山冈上扎根的那一刻起，这棵松树就踩着自己的影子，一天天成长，八十多年岁月过去了，当初弱不禁风的小树苗，已然长成了一把大伞。站在它浓密的树荫下，你自然而然就会想，总有一天，它也会慢慢苍老，而后倒毙，而后腐朽，就像世上所有的树种一样，就像八十多年前长眠在这里的那些无名战士一样。因此可以说，这棵松树的记忆其实就是那场伟大壮举的记忆，最起码，也是一个庞大的缩影和见证。事实上，红军伞本身就是一名战士。从被移植而后栽种在山冈上的那一刻起，它就一直静静地坚守在山冈上，任岁月漫漶，时光飞逝，它知晓并见证了一切。从这个意义上说，这棵树的存在本身就是不朽。

站在山冈上，天色不觉间就暗了。对面的硗碛新场镇渐渐灯火通明起来，不知什么时候响起了悠扬的歌舞声。我记起多年前第一次来硗碛时，恰逢一年一度的"上九节"，新场镇上到处是喧天的锣鼓声。传说在盘古开天之时，农历正月上苍开始创造万物：初一造鸡，初二造狗，初三造猪……初九造天，初十造地。为了表达对上天的敬仰，硗碛人把正月初九称作"上九"，每年这天，都会身着节日的盛装，载歌载舞，欢庆又一个春天的到来。现在是夏天，硗碛人早就把每一个幸福的日子都当成了节日。眼见夜色渐浓，我赶紧向着灯火通明的硗碛新场镇迈开了步子。等一会儿，我也将成为他们中的一员，和他们一起歌唱，一起舞蹈……今天，我也将是一个忘情的舞者。

◇ 后记

我永远都记得 1994 年那个夏天。

这一年 7 月，我从几十公里之外的雅安地区卫生学校毕业回到了天全。因为一时不知道日后的工作单位在哪里，我不得不暂时回到溪头沟。回乡之前，县卫生局的领导明确告诉了我们回来报到的时间。我心里明白，那个时间，就是宣布我们未来方向的日子。那时候没有手机，乡下也不通电话。县卫生局的领导这样说，自然是怕耽误了我们。

几天以后，我按时赶到县卫生局报到并接受分配。结果连我自己都有些不敢相信：一同毕业的十多个医学类毕业生，就我一个人留在了县城。随后我就去到了县中医院，接待我的医院领导告诉我，医院没有多余的住房，如果我没有更好的去处，就只能到县妇幼保健站的一间空房子里暂住。我点点头。其实那时候我要的就是一个住处，一张床而已，无所谓好坏。

妇幼保健站一楼废弃的中药库房里摆了两张钢丝床，里面住着比我早些时间到医院工作的一位同事。我住进去之后不久，同事便搬到医院刚刚腾出的一间单身宿舍里，中药库房于是成了我一个人的天地。躺在窄小的钢丝床上，我明白无误地知道了一点，从今往后很长的时间，这里将是我生活的环境，更确切地说，是一件容器，我在其中。从这个意义上说，天全县城是一个更大的容器，我从此将在这里待着，也许十年，也许一生。

那时候，县城东面还是大片的稻田。城尾的龙尾峡大桥刚刚建成通车。大桥连着笔直的向阳大道，穿良田而过，像一把巨型犁铧犁过之后留下的痕迹，不同的是，上面将不会再有翻新的泥土，也不再会长出庄稼。1994 年的早些时候，我从雅安毕业回来，便是经过龙尾峡大桥和向阳大道回到县城的，而后又经过向阳大道和龙尾峡大桥回到溪头沟。之后的岁月里，向阳大道两侧的良田一点点缩小，到现在是完全被栉比的楼宇占据了。

此间，我从县城南边的妇幼保健站搬到了医院所在的北城街，数年之后，又随着医院搬到了向阳大道旁的灯盏路。

简单说来，我不长的人生便是由两段时光组合而成的，前一段属于溪头沟，后一段属于县城。在县城里，不止一次地有人问过："你是哪里的？""溪头沟。"我的回答总是简洁、干脆、理直气壮。也有不少外地的朋友问过同样的话，我的回答则是"天全"，同样是简洁、干脆、理直气壮。事实上，这两个答案，说的差不多是同一个意思，完整的意思就是：我是天全县溪头沟人。如果需要进一步说明的话，也无非是：天全是川西南一个小小的县份，溪头沟是它下属的一个小小的自然村，一个地图上无法标注的微点。

我从来不曾想过自己的笔会涉及这个事实，而且写着写着，就成了一本书。用一个不大恰当的比喻，它是一场暗恋，当我意识到自己恋着的时候，已经无法止抑了。因此我还可以说，这本小书的面世可能只是开始，或者说是一个阶段，不是终点。

最后该说到感谢了。感谢《人民文学》《散文》《天涯》《啄木鸟》《作品》《西南军事文学》《草原》《鸭绿江》《黄河文学》《四川文学》《滇池》《岁月》《剑南文学》《青岛文学》《传承》《鹿鸣》《人民日报》《散文海外版》《散文选刊》等诸多报刊的诸位编辑，为书中的篇章提供版面，让这些文字在成书之前，以另外的面目呈现给读者。当然，必须要感谢的还有这本书的策划和编辑，以及捧读这本书的朋友们！